# Reciclando al abuelo

# Reciclando al abuelo

Reinaldo Martínez Urrutia

*Novelistos al Sur del Mundo*

Editorial Segismundo

S

© Editorial Segismundo SpA, 2018-2019

**Reciclando al abuelo (Histovivencia N° 39)**
**Reinaldo Martínez Urrutia**
*Colección Novelistos al Sur del Mundo, 5*

Primera edición: Noviembre 2018

Versión: 1.7

Copyright © 2018-2019 Reinaldo Martínez Urrutia

Contacto: Juan Carlos Barroux <jbarroux@segismundo.cl>
Edición de estilo: Juan Carlos Barroux Rojas
Diseño gráfico: Juan Carlos Barroux Rojas
Ilustrador de la portada: http://www.1zoom.me/

Registro Propiedad Intelectual N°
ISBN-13: 978-956-6029-06-9

Otras ediciones de

*Reciclando al abuelo*:

Impreso en Chile
ISBN-13: 978-956-6029-05-2

POD – Amazon™, EBM®, etc.
ISBN-13: 978-956-6029-06-9

eBook – Kindle™, Nook™, Kobo™, etc.
ISBN-13: 978-956-6029-18-2

# Dedicatoria

*A Marcela*

*A nuestros hijos y nietos*

*Y a tantos y tantas*

*Que con su aprecio y cariño*

*Han solazado mis ya muchos años*

*Santiago, 2002*

# El Ahoramismo
## (Histovivencia N° 39)

## Agradecimientos

*A mis abuelos Isabel y Daniel*
*a mis padres Débora y Javier*
*que me precedieron*
*en esta tarea entregándome su saber*
*con cariño*

*A Gina, y a Tea, esposa de Angelo,*
*por su paciencia.*

FRANCISCO A. LÓPEZ

*Santiago, 20 de marzo 2378.*

# Epígrafe

*La distancia le da a los tiempos*
*su exacta dimensión*
*como a los vinos el sabor sublime.*

*Tontuelo de Menso*
*(S. VII d.C.)*

# Capítulo Uno

**D**esde lo alto, 600 pies marcaba el altímetro, el paisaje era de un verde intenso y proseguía sin cambios hasta el horizonte; sólo copas y más copas de árboles; una luminosidad de una blancura agresiva y la humedad pegajosa capaz de ascender incluso a esas alturas; mientras que una brisa imperceptible para la piel hacía bailotear el monoplaza -su pequeño *Leroy 320*- modelo un poco pasado de moda, pero no tanto como para tildarlo de armatoste, como gustaba menoscabarlo con sorna su mujer. Una gigantesca construcción blanca se destacaba en medio de una terraza de tierra rojiza, era el **RSSA**, siglas en inglés, que imperfectamente podrían traducirse como Centro de Reciclaje, o sea el lugar donde se fabrica, se manipula, se corrige y se "madura" el clon que cada habitante de esta Tierra posee desde su más tierna infancia, ya sea para enfrentar emergencias, como accidentes que hacen imposible otras soluciones médicas, o para, llegado a los sesenta años, cambiarlo por el ya estropeado cuerpo que nos dieron al nacer. En realidad, esta última opción es la que se denomina técnicamente el **RECICLAJE** (*recyclage*).

Daniel cotejó las cifras de altitud, gravitación, combustible y hasta carga remanente de batería y se desconectó del sistema automático, del *carrier* electromagnético, para descender en forma manual; es un deleite adicional que todavía permiten los vehículos antiguos. El uso del sistema manual, está de más recordarlo, está absolutamente bloqueado en áreas urbanas. Con miles de monoplazas circulando, la única posibilidad de evitar accidentes es encargarles todos los movimientos a los sistemas computarizados, o sea, los *carrier* electromagnéticos; uno se monta en el carro, éste lee el *chip* personal y lo lleva a su destino, no es necesario siquiera saber conducir.

Pero descendió con mucha dificultad, rebotando antes de detenerse. Los alerones temblaron por más de un minuto sin que supiera cómo controlarlos, y tampoco se le ocurrió en ese momento volver a usar el sistema automático. Dejó el vehículo enojado consigo mismo y se encaminó por el sendero de tierra bermeja, que poco antes había observado desde el aire.

El callejón estaba flanqueado por unas sorprendentes palmeras enanas que -evidentemente no son autóctonas- se le ocurrió -porque las palmas de esas latitudes tropicales son más espigadas y flexibles-. Recordaba haber leído que los noruegos habían sido los primeros en conseguir un crecimiento acelerado de los árboles con ingeniería genética; se logra en años lo que habitualmente requiere siglos. Gran parte de la superficie de la Tierra se ha reforestado con este sistema, después que las hordas depredadoras de siglos anteriores la dejaran casi calva. -nada raro que sean de esas especies transgénicas o transmutogénicas o cualquier nombre raro, masculló para sí mismo- todavía pensando en las palmas -cada día se inventan estupideces nuevas. Aunque lo último lo agregó sólo por expulsar su disgusto, por la torpeza que lo hizo aterrizar tan mal y sentirse viejo; lo cual no deja de ser una necedad cuando uno viene ni más ni menos que a reciclarse. Pero Daniel siempre había pensado que enojarse consigo mismo no tenía nada de malo, aunque estaba de acuerdo con su mujer en que en realidad no se tenía mucha paciencia –te quieres poco– lo recriminaba Isabel.

Introdujo la mano con el dorso dirigido al *visor*. El aparato leyó su *chip*, iluminando la pantalla con sus datos: Daniel López – *CERO-UNO* (01), historiador, chileno, casado, un hijo y una sarta de números, más un vistoso 59 AÑOS en rojo que centellaba intermitente. Desde el 21 de julio que, además de ser su santo es su cumpleaños, su edad había empezado a encenderse con una alarma, recordándole que tenía exactamente un año para *RECICLARSE*, de lo contrario debería resignarse a morir con su primer y único cuerpo.

Morir como un *Cero-uno* -¡Uy qué susto! ¿Será como morir virgen?- La idea lo hizo reír, olvidando su malhumor por un momento.

Es posible que algunos individuos se negaran todavía al *RECICLAJE*, pero cada día eran menos.

Según el *ONPU*[1], el año anterior el 96% de los varones sobre sesenta se había reciclado, contra un 92 % de las damas. La inversión de las cifras históricas, aunque no producía alarma, no tenía por el momento una explicación lógica, como tantas cosas que les ocurren, les ocurrieron o les ocurrirán a ellas, por los siglos de los siglos.

Había en el aire un olorcillo a maní, sí, claramente parecía maní a medio tostar. Eso bastó para que se le vinieran a la mente los buques maniceros que suelen verse todavía en Chile en las ferias artesanales. Miró a su alrededor, sólo se divisaba el extenso jardín y al fondo el edificio blanco de un solo piso.

El **RSSA** de Paraguay estaba a cargo de los reciclajes de todo el cono sur de América. Bordock, un escritor humorístico americano del siglo XXII había definido a estos Centros de Reciclaje -por lo demás idénticos en todo el mundo- como un híbrido entre un hospital y estación de servicios. Alejados de las ciudades se cuidaba la pulcritud con celo, pero al mismo tiempo se pretendía que fueran gratos y acogedores. Después del Modernismo, el Posmodernismo, la *Adolescencia* y el *Ahoramimismo*, se podría afirmar sin equívocos que el arte y la arquitectura en particular, evolucionan en ciclos y que las últimas tendencias no eran las edificaciones en altura, cuando se las puede evitar, como es en las zonas rurales que tan pocas quedan sobre la Tierra, pero sí en otros satélites cercanos.

---

[1] Nota: ONPU: Organización de Naciones y Pueblos Unidos.

La fachada estaba rodeada de cientos de flores, que lo tentaban a tocarlas, pues parecían artificiales por su increíble variedad; de seguro que también violadas en sus entrañas genéticas. Una nueva puerta obligaba a introducir otra vez la mano para ser identificado. Ahí cayó en la cuenta de que no se había cruzado con nadie en el par de cuadras que lo separaban del estacionamiento, lo cual comenzaba a incomodarlo -un desierto por muy limpio que sea es lo menos acogedor del mundo, hasta en los cementerios se está más acompañado- se encontró divagando.

Se negaba a admitir que sentía temor, un poco. Estaba claro que el procedimiento era indoloro, eso se lo habían confirmado todos -no se siente nada, al revés suele ser placentero- pero como siempre, lo desconocido inspira un poco de miedo. Al fin de cuentas no todos los días le cambian el cuerpo a uno por otro nuevo. De hecho, cuando Isabel, su mujer, volvió reciclada, él la festejó con champaña, mirándola maravillado, sin cansarse, sin reconocerla —¡Es fantástico! —gritaba Isabel y reía como nunca lo había hecho en su vida, sin dejar de mirarse al espejo, girando y girando, mientras a él se le nublaban los ojos. Aunque en realidad los motivos para llorar en esa ocasión eran evidentemente otros. Siempre que recordaba el asunto le pasaba lo mismo, una sensación sin nombre definido, ingrata.

En el primer salón el gentío era enorme, hombres y mujeres de su edad se paseaban riendo felices. Cualquier temor se disipaba de inmediato. Una jovencita muy, pero muy bien dotada, de uniforme rojo-júpiter -cómo no, si estaba de moda- lo abordó, saludándolo de mano —Gina —se presentó susurrante y un suave cosquilleo en los dedos lo hizo comprender que era capaz de leer su *chip* —¿Daniel López? —inquirió con su voz suave.

Se sintió estafado, era innecesaria la pregunta. Al leer su *chip*, ella ya sabía hasta su número de camisa, pero en todo caso era una sorpresa de buen gusto, aunque no por eso dejaba de ser ilegal, por lo menos para el resto de los mortales. No pudo dejar de mirarle las piernas, con la falda exactamente en la mitad de la rodilla, que por los siglos de los siglos (Amén) ha sido la medida justa de la elegancia. Normalmente una adolescente así le arrancaba sólo un suspiro -¡quién fuera joven!- hoy fue una espontánea erección. Le obsequió su mejor sonrisa. Sí, ¿por qué no? También volvería a ser joven, una semana más y saldría con su flamante cuerpo de veinte años.

—¿*Cero-dos*?

—*Cero-uno* —respondió la muchacha, levantado los hombros, para señalar que lo lamentaba.

Supuestamente, o por lo menos así lo dicen las estadísticas, los reciclados prefieren a sus pares, vale decir, cuerpos jóvenes con la experiencia que le dieron los años. El caso contrario tiene otras variantes, los varones reciclados son bastante cotizados por las jovencitas *cero-uno* (también llamadas *PRIMARIAS*, nombre que en Sudamérica casi no se usa), aunque esta atracción es sólo en el plano sexual y no para otras actividades más lúdicas, como el baile, por ejemplo. Un artículo recientemente publicado en *"Nature"* menciona que a pesar de varios trabajos de investigación norteamericanos y chinos nadie ha podido dar con el gen que haga que los hombres gusten de la danza tanto como las mujeres, ya se trate de 01, 02 ó incluso un supuesto 03. El asunto parece no tener su respuesta en las ciencias exactas.

Debió llenar una serie de formularios, los que básicamente liberaban de responsabilidad a la Empresa. A esos tipos no se les escapan detalles y a los abogados querellantes tampoco. En el pasado, cuando el sistema recién comenzaba, se quiso culpar al reciclaje de cuanta enfermedad nueva aparecía en la Tierra, buscando el lucro desde luego, pero también con el objeto de lograr un segundo cuerpo de repuesto, si es que el reciclado fallaba, algo así como una garantía. Debió intervenir la Corte Internacional de Justicia, la cual lógicamente favoreció a la Empresa, después de todo, ésta sigue la política de las organizaciones internacionales (aunque según los mal hablados es exactamente al revés). Sin embargo, debería suponerse que si fuera por la Empresa, haría un mal negocio reciclando varias veces, dado que el proceso es gratuito para el usuario. Pero está demás decir que ello sería ni más ni menos que la INMORTALIDAD, así con mayúscula, lo cual para todos es moralmente inadmisible. Por eso es posible reciclarse sólo una vez, por el momento. Con la moral es difícil predecir el futuro; sabido es que los cambios de hábitos son lentos y necesitan de más de una generación. La experiencia de la historia demuestra que al final todo se transa, incluyendo los cacareados principios morales, y siempre surgen buenas explicaciones que logran el feliz acomodo. Supongo que un Maquiavelo actual lo seguiría llamando La Política.

Gina, con su mejor movimiento de caderas, lo dejó en la sala de Selecciones o algo parecido, la traducción era bastante deficiente. Se trataba de una sala, como de los viejos cines donde se proyectaban imágenes de un menú, para elegir el sitio virtual que usaría en su primera sesión. En el brazo del sillón existía una botonera para hacer funcionar la cosa y al final de su propio brazo, su súper-siempre-torpe mano, que no pudo, para variar, encontrar la tecla adecuada. Cuando Gina regresó lo encontró chupando una bolita de menta.

—No pude con esa cosa.

—¿Y por qué no me llamaste?

Sólo se encogió de hombros, enrojeciendo, aunque por suerte la sala estaba en penumbras. Gina agarró el aparato y las imágenes a seleccionar llenaron más de la mitad del cuarto. Los sitios simulados para pasar la primera sesión eran increíbles. Escogió una playa tropical. La promoción mostraba muchachas desnudas que paseaban a su lado, al aspirar hasta se podía sentir lo salino del aire tibio.

—Me parece bien, mañana puedes cambiar de ambiente, te aconsejo un lugar menos agitado, eso dicen los que han pasado por esto, y ya te imaginarás a cuántos he visto. Bueno, si te mando solo, de seguro que te pierdes, ven, yo misma te voy a llevar.

Y era para perderse, debieron dar varias vueltas. Lo dejó en una enorme estancia completamente vacía, bastaron un par de toques a la botonera de controles holográficos virtuales (que lógicamente efectuó Gina) y en un segundo se transformó en la Sección Tropical.

—Buena suerte —y le estampó un beso sonoro en la mejilla, casi, casi en los labios.

Se sentó en una silla de lona con anteojos oscuros y sombrero para protegerse (estos aditamentos no eran virtuales estaban ahí sobre la silla y como efectivamente hacía calor su uso era recomendable). El agua era transparente y la arena blanca, las consabidas palmeras y una somnolencia que terminó venciéndolo. No supo cuánto tiempo durmió, lo despertaron unos golpecitos en el hombro.

—¡Hola! soy Florencia, tu *psicoguía* —era una cuarentona un poquitín pasada de peso —lamento despertarte, pero debemos comenzar —llevaba un teclado pequeño como un libro de bolsillo.

Daniel dio un salto poniéndose de pie.

—¡Ey! No es para tanto, tenemos tiempo, aquí nadie está apurado. Es bueno que sepas de inmediato que el procedimiento es intencionalmente lento. El *NRM*, o sea el traspaso de la totalidad de tus vivencias de memorias conscientes e inconscientes a tu nuevo clon no toma ni dos minutos. Si en la actualidad el procedimiento nos lleva una semana es por la conveniencia de no traspasar a tu segundo cuerpo las experiencias negativas, es como limpiar el disco duro. ¿*Capisci*?

—Sí, sí, lo sé, es que me tomaste de sorpresa.

—¿Quieres una Coca-Cola? Alcohol aquí no podemos, tú sabes.

Se sentaron bajo una sombrilla. Florencia inspiraba confianza. Ella se tendió en la arena, mientras él continuaba sentado. Algo movió en su teclado y la playa quedó quieta y silenciosa. Se veía batir las olas, pero sin emitir sonidos, la temperatura era la justa y muy a lo lejos uno de los conciertos Brandenburgueses, nada menos que el N° 5, su preferido. Llegaba a asustar que supieran todo sobre uno.

Florencia reparó en su agrado —¿te imaginas lo que se puede hacer con esta cosa? —dijo señalando el teclado —pero vamos a lo nuestro. Seguramente ya sabes casi todo lo concerniente al reciclaje, pero nunca están demás algunos consejos y aclaraciones previas. Desde luego todas las conversaciones que tendremos esta semana serán estrictamente confidenciales, nada de lo que digamos quedará grabado. Yo no pretendo influir en tus decisiones, sólo te iré señalando caminos; es un proceso que en verdad uno no podría realizar solo. Básicamente tú y solamente tú analizarás tu vida, yo me limitaré a señalarte estadísticas en cuanto a la conveniencia de guardar algunos recuerdos o borrarlos para el futuro. La recomendación como cosa general es la anulación de sentimientos autodestructivos o aquellos de alta agresividad. No se pretende convertir a la humanidad en un ejército de marionetas, hechas con un molde para servir los intereses de nadie. Al contrario, es nuestra convicción que en la diversidad de la especie humana radica su creatividad. No sabemos qué nos depara el futuro y un mal uso de la tecnología podría acarrear un desastre a toda la humanidad. Como profesor de historia tú lo entenderás muy bien, si me equivoco por favor corrígeme; fue en la época de los Verdes, a fines del siglo XXI cuando el temor hizo que las grandes Alianzas desactivaran miles de bombas nucleares. ¿Fue así, no? Ahora el reciclaje y la clonación masiva nos tienen igualmente inquietos, por eso no escatimamos esfuerzos en su manejo éticamente intachable. Ni siquiera a los criminales nos está permitido alterarles sus vivencias si ellos mismos no lo autorizan, aunque puedo asegurarte que casi todos lo desean. No es por imposición como maliciosamente lo han sugerido los grupúsculos que tú muy bien conoces, aunque tampoco podemos ocultar que los índices de criminalidad son significativamente menores entre los reciclados.

Daniel la escuchaba como si estuviera muy lejos, sabía que Florencia debía repetir ese mismo discurso durante años, cuatro horas diarias por cinco días a la semana, buscando ejemplos comprensibles para profesores, ingenieros, pilotos y criminales. Si hubiese empezado a trabajar a los veinte...

—¡Ey! —la interrumpió—. ¿*Cero-uno* o *cero-dos*?

Florencia se desconcertó.

—¿*Primaria* o *reciclada*?

—*Reciclada*, no se puede ser *psicoguía* como *cero-uno*, es una norma. Se supone que sería poco ético recomendar lo que no se ha vivido. ¿Otra Coca?

Daniel la vio alejarse en busca de las bebidas. Tenía una nariz respingona y las piernas bonitamente torneadas, a pesar de andar descalza. Si se hubiera reciclado, como todo el mundo, a los sesenta, y tomando en cuenta que ahora representaba unos cuarenta años, actualmente tendría ochenta, no estaba mal, le quedarían apenas veinte años de trabajo, igual que a Isabel, claro que su mujer se conservaba mejor, más delgada. Pero Florencia sin ser bella tenía eso que, con tanta exactitud, y desde siempre se ha definido como el "no sé qué".

En realidad, parece que la idea del reciclaje lo tenía excitado y andaba mirando mujeres como en sus años mozos, como en los tiempos de Muriel, cuando su apetito y potencia sexual llegaron a su máximo. Después de tantos años todavía le era imposible pensar en Muriel sin que se le apretase algo en el pecho, no era un dolor enorme, no hay que exagerar, pero desde entonces, por más de cuarenta años, mantuvo la sensación de que no hizo lo suficiente por retenerla. Florencia había regresado. La Coca estaba tan helada que le dolió la frente.

—¿Debo borrar de mi cabeza las vivencias que todavía me mortifican? —le dijo, pensando en la pequeña angustia que le producía Muriel, sabiendo que el renunciar a su recuerdo le provocaría una congoja aún mayor.

Florencia se largó a reír —¿de dónde sacaste esas cosas? No, no es la idea, incluso no sé si en la actualidad es técnicamente posible. No es fácil de explicar, mira, no todas las experiencias dolorosas ocasionan sentimientos autodestructivos, al revés, a veces pueden aumentar nuestra autoestima y ser beneficiosas. Si elimináramos episodios enteros de la vida de una persona, como se hizo experimentalmente en el pasado, se puede incluso perder lo que Chou Lam Dieu llamó el *YOYOMIMISMO*, o sea la capacidad de reconocerse después del reciclaje. Antes de la remoción definitiva del gen correspondiente, los ancianos solían presentar la enfermedad de Alzheimer, que eliminaba por trozos episodios completos del pasado, de manera que esos enfermos desconocían su entorno y se perdían hasta en su propia casa; después confundían a sus familiares, hasta que finalmente desaparecía la capacidad de reconocerse a sí mismos;

saber que lo que le ocurrió a alguien en su juventud en verdad le ocurrió a él y no a otro. Veamos, haremos una prueba: ¿quién es Daniel López? Tiene cuatro años, es de noche, llámalo, ¿quieres preguntarle qué está haciendo?

Daniel cerró los ojos, la voz de Florencia repetía suavemente el mensaje —Llámalo, es de noche, pero estás despierto...

De un salto se bajó del camarote, cayendo entre ambos. Era un chico de unos diez años, se llamaba Oscar, recordaba perfectamente su nombre. Tras él otros niños hicieron lo mismo, acercándose a su cama. Se vio rodeado y se echó a llorar. Pero no se reconocía, por algún motivo sabía que era él, pero observaba la escena desde afuera, como si a otro le estuviera ocurriendo. Los muchachos reían, lo destaparon, le bajaron el pantalón para manosearle el sexo minúsculo. De afuera se escucharon pasos y en un segundo los chicos regresaron a sus camas. Daniel se tapó con la frazada y entre sollozos vio amanecer.

Florencia lo observaba, él había contemplado la escena inmóvil. Su rostro un tanto compungido, pero en el pecho, bien adentro, detrás de las costillas, una sensación que conocía perfectamente y que nunca había sido capaz de describir. Desde luego era un dolor, a veces mezclado con ira, nacía ahí, bajo el hueso, al medio del pecho y como una corriente se iba desplazando hasta los dedos. Movió la cabeza negando —No, no me siento ese niño.

—¿Cuántos años dijimos que tenías, cuatro, no? No es tan extraño que no te reconozcas, de esa edad se conservan pocos recuerdos, pero ahí estaban guardados, es difícil revivirlos, especialmente cuesta que nos despierten las mismas sensaciones que vivimos en ese momento. ¿Tú qué recuerdas de esa época?

—Sólo cosas vagas y una serie de mitos que he ido construyendo. Se puede decir que yo nací en el asilo, se llamaba "Niño Feliz". Fue fundado hace más de cien, en realidad quiero decir que cumplió cien años cuando yo estaba allí. Las buenas intenciones se quedaron cortas, bueno, este mundo siempre se ha quedado corto, ¿estarás de acuerdo? Vivíamos hacinados no sé cuántos chicos abandonados.

—¿Alguna vez quisiste averiguar algo de tus padres?

—No, nunca —la voz le salió ronca y carraspeó.

—¿Todavía te duele?

Sonrió, desviando la mirada a un costado.

Florencia miró el reloj —el tiempo se pasó volando, por hoy lo vamos a dejar aquí, relájate, yo creo que este ambiente tropical es ideal para el primer día —manipuló su librito y la playa retornó a su actividad normal —nos vemos, perdóname, pero en casa me esperan a almorzar.

No alcanzó a pensar en nada, Gina cargando un bolso se tendió a su lado y sin más se desnudó. Llevaba un escarabajo de pequeños brillantes prendido a los vellos del pubis.

Aquí es imposible estar triste, se le ocurrió, ¿y por qué diablos tendría que estarlo? El hecho en sí no tenía nada de extraordinario, todas las chicas de su edad tomaban el sol así, incluso a veces Isabel lo hacía, pero la Gina tenía una especie de agresividad que inquietaba a cualquier hombre, aunque éste rayara los sesenta. Se puso las gafas oscuras, así por lo menos ella no sabría a donde dirigía su mirada. Lo interrogó sobre su primer día.

—Hay muchos que traen todo anotado, todo lo que quieren borrar de su memoria, ¿tú no traías nada?

—En realidad, *pregrabado* no, pero lógicamente había pensado algunas cosas antes de venir, pero parece que era justo lo que no se debe.

—¿Como qué?

—Bueno, cosas.

Gina lo interrogó con la mirada, levantando los pezones casi hasta tocarlo.

—Cosas que dan vergüenza —repitió, recordando bruscamente una vez en que se le escapó un pedo —Espera, ¿cómo te lo cuento? Cuando yo era niño, las cosas eran distintas, o quizás no lo eran, lo que pasa es que a uno se le olvida. Yo viví hasta los doce, que fue cuando me escapé la última vez, en el hogar del Niño Feliz, que no sé si lo conoces, pero yo lo visité hace poco. En ese tiempo, bueno, tú no habías nacido, fue en el segundo gobierno de la Orellana, La Unión se vio convulsionada por movimientos nacionalistas; no hacía mucho que los ejércitos se habían desmantelado y los civiles querían demostrar, no sé a quién, que se puede ser igualmente patriota; de manera que en el Hogar se realizaba una ceremonia donde se izaban las banderas de la Unión y la de Chile, con los himnos y todas esas cosas, y a mí ¡zas! se me sale un pedo, ¿te das cuenta? Los muchachos reían, pero el orientador se dio cuenta y me mandó a los dormitorios.

—¡Oye, Daniel! ¿Tú sabes cuantos amerindios cuesta el proceso de reciclaje, para que tú estés preocupado de eliminarte un pedo de la memoria?

Daniel la miró avergonzado, arrepentido de haberle contado sus cosas, sus intimidades que ni siquiera a Isabel las había mostrado. Pero Gina se largó a reír, lo rodeó con los brazos.

—Es una broma, Dany, es una broma. ¡Carambolitón qué tierno eres!

La miró, con los brazos colgando a cada lado, sin atreverse a tocarla. Era demasiado joven y con esos ojos tan claros que lo inhibía mirarla de frente. Gina lo besó o más bien lo rozó con los labios y sólo entonces la apretó y entreabrió su boca con la lengua. Gina se dejó hacer, pero lo apartó con suavidad. —Aquí no, aquí no quiero, aunque esté fuera de mis horas de trabajo, pienso que no se ve bien, ¿entiendes?

—Sí, correcto —respondió intentando que no pareciera una queja. Se le ocurrió que habría sido adecuado en ese momento preguntarle la edad, pero sabía que su respuesta no le iba a agradar, de ser advertido no podría volver a besarla, era apenas una adolescente, y eso era demasiado evidente.

—¿A qué te dedicas? —le preguntó Gina después de un silencio algo incómodo.

—Mira Gina no me tomes el pelo, sé que esta mañana cargabas un lector de *PRS*, cuando me diste la mano sentí el cosquilleo, me pareció simpático, aunque no bien legal…

Gina se cruzó de piernas muy cerca de él y lo encaró.

—Sácate los lentes —y ella misma se los retiró lanzándolos a la arena, mientras el busto se movía cercano a su mentón—. Mira hombrecito —respiró profundo para tomar impulso —este lector sólo es capaz de reconocer tu nombre, cualquier información de tu presente o pasado, cuentas bancarias, enfermedades o lo que se te ocurra desde luego que no puedo leerlo, ¿Qué te crees, que nosotros podemos violar la ley?

—No serían los primeros.

—Pero aquí no.

Estaba enojada, se dio media vuelta, dejándole sólo la visión de sus nalgas redondas.

Daniel miró la playa: el sol se mantenía lejos del horizonte, la gente se movía más o menos distante, gritaban, jugaban o nadaban. Si se ponía atención hasta se podía distinguir qué cosas conversaban. Estaba programado así. Cuando se mira fijamente a una persona, sobresale de las demás y aparece tan real como Gina, sólo que Gina no era virtual, era una muchacha de carne y hueso y podía tocarla, y para qué mentir que no lo deseaba.

—Da la vuelta, está bien, hagamos las paces, soy profesor de historia.

—Daniel López... López... Daniel López Ojeda, ¿no me digas que tú diseñaste las *histovivencias*?

—El mismísimo —confesó Daniel susurrando, porque los halagos siempre lo encontraban mal preparado.

—¡Oye, pero sí yo estudio con ellas, me encantan!

Había recuperado su buen ánimo.

—Tienes cara de casado.

—Sumamente.

—¡Carambolitón! Era lógico, siempre me pasa lo mismo con los hombres.

—Ven, supongo que no te habrá sucedido tantas veces, aún eres muy joven.

Se besaron hasta que empezó a oscurecer, pero nada más, no se atrevió a llegar más lejos. El sol no se escondió por el mar. De seguro que el sistema lo programaron en otra parte, porque en una isla debería salir y entrar por el mar. Este último pensamiento sin ninguna importancia le quedó dando vueltas.

La temperatura era muy agradable. Cuando salieron al salón central había mucha gente paseándose, conversaban en voz más baja que en la mañana. Supuestamente todos estaban en su primer día. Un gran *escenógrafo* informaba de las actividades de la noche, había que inscribirse para algunas de ellas.

—Yo te dejo aquí, debo ir a casa.

—¿Vives sola?

—Más o menos —y le tiró un beso que le cayó entre la nariz y la oreja.

Capaz que aún viva con sus padres, se le ocurrió. Después se sentó frente a un *visor* pequeño y con su índice empezó a desplegar el menú, lo cual habitualmente le traía complicaciones, porque parece que siempre eligen a los más estúpidos para diseñar estos sistemas, tan rebuscados, hay que dar miles de vueltas para llegar a donde se desea. Una mujer de su misma edad se había sentado a su lado y con su índice interfería sus manipulaciones.

—¿Sería tan amable de esperar un momento? Si usted mete su dedito, el aparato se confunde entre sus órdenes y las mías.

—Sabe que más, no sé si le va a servir de algo reciclarse, creo que va a seguir siendo un vejestorio gruñón, tonto e ignorante, además, ¿cómo no va a saber que mientras la máquina trabaja su *chip* no puede leer el mío, ni el de nadie? Por más que yo pase el dedo por la pantalla, nada me responderá, pues está bloqueada. Y, apúrese, porque si me senté aquí es porque quiero usarla y no para estar al lado suyo.

—¡Por Dios! ¿Qué agresiva!

—Pero no tonta.

Salió al jardín, ¡vieja de mierda! Aunque tenga un cuerpo de veinte seguirá siendo una bolsa de caca prepotente. Eso sería útil poder borrar del archivo mental, porque está bien conservar las experiencias, pero ¿y las mañas? Cuando Isabel regresó después del reciclaje era básicamente la misma, es cierto que la pobre no tuvo tiempo de pasar por el proceso de eliminación de memoria. Pero del accidente no recordaba detalles, seguro que, por el golpe, pero de lo otro, de Helmut por ejemplo, es posible que haya podido eliminar esos recuerdos, pues siguió la vida como si nunca le hubiera ocurrido nada.

Quizás, la única manía nueva que adquirió Isabel fue su compulsión a viajar. El saber que en un instante se le ha acortado la expectativa de vida, debe ser un motivo para plantearse qué hacer con ella. No era su caso, él volvería a los veinte con una posibilidad estadística de vida de ochenta o cien años más.

Paseó por unos prados medio vacíos, había bancas que imitaban perfectamente la madera, como en los parques europeos que gustan de conservar ambientes antiguos. También una laguna como un brazo de río y unas lanchas parecidas a las góndolas. A propósito de góndolas, el año anterior, con Isabel habían visitado Venecia. Se habían inscrito casi cuatro años antes, pues eran tantas las solicitudes que debieron esperar; mientras tanto, por suerte, habían logrado cupo para la Muralla China. Se puede decir que Venecia ya la conocían, no la verdadera, pero sí la réplica, que hay que admitirlo, es exactamente igual y también bastante vieja, que debe andar por los sesenta años, y que está tan llena de turistas que también parece torre de Babel; sólo que según los ingenieros ésta no va a desaparecer nunca, no como la original que llevaría varios metros y siglos hundiéndose; y si mal no se recordaba el campanil de la iglesia de San Marco se mandó abajo a principios del siglo XX, de modo que el actual sería también una reconstrucción. Por último, la torre de Pisa falsa, tan inclinada como la verdadera, se puede visitar mientras que la de *Pisa-Pisa*, hace más de un siglo que no recibe turistas por temor a que se siga destruyendo. Lo mismo pasa con casi todos los monumentos de la antigüedad, a pesar de estar todos debidamente plastificados, hasta las pirámides con su tremendo tamaño, para evitar la erosión. Todo lo cual está muy bien para explicárselo a un mortal cualquiera, menos a Isabel que tiene un prurito por todo lo original; que según ella descubre de inmediato las copias y que no es lo mismo y no es lo mismo y no es lo mismo, he dicho, y no hay manera de convencerla.

En la empresa donde trabaja Isabel son sumamente sofisticados, se los puede definir como diseñadores, pero abarcan tantos rubros que son difíciles de clasificar. Ha debido viajar varias veces al espacio, incluso orbitar las lunas externas de Júpiter, y está de más recordar que nadie ha llegado más lejos, lo cual le da un estatus, que claro, ella no acepta imitaciones. Además, con el tremendo sueldo que tiene, se puede dar sus gustos, y eso le encanta repetirlo. Por su parte, él no puede competir, porque los profesores desde siempre han tenido una escala menor de remuneraciones. Por suerte la realización de las *histovivencias* fue exitosa y algo ha equiparado las economías; menos el asuntito de que no hay por qué pagar de más, que en eso no va a transar. Por eso cuando Isabel lo trata de tacaño, le da una ira —¿qué te crees que estoy juntando dinero para llevármelo a la tumba? —porque es obvio, no porque uno se recicle no se va a morir, que igual se muere el cien por ciento de los que nacen, como le gusta aclarar a un médico amigo. Desgraciadamente los *YENYANS*, como está en boga llamar a los adolescentes *cero-uno*, siguen muriendo en accidentes y sus clones quedan sin usarse. Su destino es bastante misterioso, aunque se dice que se utilizan para trasplantes, lo cual suena más falso que Judas porque para trasplantes siempre se ha recurrido a los animales genéticamente preparados, que esos sí que son conocidamente compatibles o inertes o universalmente algo, que es un nombre raro de esos que usan los trasplantadores.

Gina lo dejó excitado y muy bien que le habría caído un whisky, pero los muy muy no permitían alcohol. Parecía un tonto tomando Coca-Cola y no porque la encontrara mala, sino porque una vez vio una representación de su historia cuando visitó Atlanta y eso fue suficiente para que le agarrara tirria. ¿Quizás por qué también?

Había una expendedora de papas fritas, así es que introdujo la mano en el sensor, pero como la dejó un tantín más de la cuenta salieron tres paquetes. Hoy daba lo mismo, ya que se había saltado el almuerzo. Por razones obvias en vísperas del reciclaje sobrepasarse en los lípidos dejaba de tener importancia; igual que preocuparse por la famosa limpieza de las arterias, que eso sí que es una lata; desde los treinta y cinco debía realizarla cada dos años, porque si uno se rehúsa, que puede hacerlo, porque, como se cacarea a diario, se vive la era de la mayor libertad de la historia; igual se queda sin empleo. Basta meter la mano en los sensores para que todo su historial clínico se despliegue y lo acuse de que uno es un inconsciente; porque si el tal por cual no se preocupa de su salud, menos lo hará por su patrón y menos si el patrón es la Unión, que es un ente difícil de comprender, una máquina burocrática de lo peor.

Seleccionó Tannhäuser, le dio todo el autovolumen y se sentó a comerse las *french fries*, como está otra vez de moda llamar a las papas fritas. No hay nada como Wagner para saborear los *fripapines* -¿por qué se le ocurrirán tantas bobadas?- parece que la Gina le había elevado el ánimo, bueno, si era justo, algo más que el ánimo.

Era aún temprano cuando volvió al salón. Había varios *visores* desocupados, por fin seleccionó su *tour* nocturno. —¿Comida o cena? —comida, porque la cena era muy tarde y en verdad tenía hambre. —¿Solo o pareja? —en eso no tenía opción, pero recordó que la gran mayoría de las parejas se reciclan juntos, lo cual no merece explicaciones, porque es lógico y punto, como gusta finalizar las discusiones su mujer. Se supone que ellos también se habrían reciclado juntos si las cosas hubieran sido normales.

Las mesas para los *Singles* (no estaba traducido) eran redondas, con manteles que imitaban perfectamente a géneros bordados y grandes ramos de flores. Era autoservicio. Se acercó a elegir su plato. Pollo, pavo, buey, pescado. Retiró un trozo de pavo y varias ensaladas.

Eso del "pavo" es una manera de decir, en realidad hace más de un siglo que no se ingiere carne de ningún animal en el Sistema, por lo menos legalmente; quizás quede por ahí algún troglodita capaz de comerse un cadáver, lo cual a la gente normal le produciría tal repugnancia que seguramente vomitarían. De hecho, cuando se proyectan películas de la antigüedad las escenas de comidas generalmente son censuradas, por lo menos para los niños.

Los inventores de la carne sintética fueron los japoneses, pero los verdaderos impulsores fueron los Verdes que sin dudas tenían mucho de vegetarianos y que por éste y otros motivos le dieron el nombre de *Siglo Verde* al siglo XXI. Sólo últimamente han perdido poder y no por que otro grupo o ideología se lo dispute, sino más bien, aunque ésta es una apreciación personal, por *LA GRAN APATÍA UNIVERSAL* (también con mayúscula). Cuesta en la actualidad encontrar motivaciones que muevan a las personas a participar. Se podría decir que se vive el siglo de la *Asepsia* como lo bautizó hace poco un historiador inglés. Existe una *Demo-rancia* insípida y un equilibrio social, que, aunque no está exento de problemas, se ha mantenido estable. Los cambios son mirados con desconfianza por los conservadores y con una sonrisa burlona por los más radicales. La participación en elecciones es mínima, en especial para elegir a los representantes a la Unión. Parecieran más motivadores los pequeños problemas domésticos, y en realidad es acertado, las grandes políticas universales son escasamente influidas por los votantes. Una suerte de máquina económica-burocrática mueve las ruedecillas del planeta. Tan distinto el panorama a la época de la *Adolescencia*, que era el próximo capítulo de sus *Histovivencias* que estaba por salir al público, cuando los hombres se jugaban el pellejo por pendejadas como el Nazismo o las revoluciones, que aquí en América no dejaron ninguna huella. La gente era capaz de matarse por algo que, en lo personal, poco le significaba.

Después de tan largas disquisiciones, se comió el pavo. Su vecina de mesa cotorreaba con los de enfrente, estaban todos tan felices. Se paró otra vez al aparador, en unas mesas laterales había una serie de sintéticos puros; los que no imitaban nada, tenían nombres que recordaban a sus inventores: *Hollanders, Rubiecito, Petrankim*. La Nestlé es la principal fabricante de estos productos novedosos. Probó el *Rubiecito*, era delicioso, tenía una consistencia parecida a un vegetal, como masticar apio, pero con un sabor único.

Hace años, los mismos Verdes, que por suerte quedan pocos, aunque los más fanaticones y cabezas de piedras, como suele suceder con los grupos que se hacen minoritarios, hicieron una campaña contra los Sintéticos, aduciendo que eran pura química y otras sandeces, como si toda la materia del universo no estuviera formada por elementos químicos. No les bastaban las pruebas científicas de su inocuidad, y que, a pesar de ingerir esas vilipendiadas mezclas, los hombres cada vez viven más y más años ¿qué mejor argumento? En el pasado pasó lo mismo con la comida que llamaban *Chatarra*, un nombre extraño, pero así son las cosas.

Si uno analiza a los Verdes resulta que no es fácil entenderlos, su primera gran ofensiva fue a favor de los animales, logrando desterrar la espantosa costumbre de comerse a otro ser vivo. Se mostraban los grandes mataderos donde los vacunos hacían cola para recibir una descarga eléctrica; o a criaderos de millones de pollos, a los cuales se les cercenaban las cabezas con una diabólica sierra giratoria que como un plato volador circulaba por el recinto salpicando sangre. Y junto a ello viejas películas de los genocidios más famosos, las víctimas de Hitler siendo llevadas a cámaras de gas. Pero volviendo a los Verdes, el oponerse a los Sintéticos parece que no tenía justificación, es probable que por ahí partieran las primeras divisiones, lo que los hizo perder su liderazgo. Hoy en día ser tildado de Verde, aunque no es un insulto, es como ser llamado Ultramontano o Comunista, a los cuales los jóvenes sólo conocen por las clases de historia o por estas dichosas *Histovivencias*.

No deseaba volver a la mesa con sus compañeros, viejos felices, pero tan ingenuos. Tenían poco tema de conversación y por lo mismo no callaban nunca, seguro que "de tanto hablar saltaría un amerindio", como dice el refrán. Se escurrió del comedor, pero antes se comió un postre con un nombre en francés, que es mejor no repetir para no dañar la magia, porque era sencillamente fabuloso.

Por una pequeña diferencia que debía cancelar, tenía derecho a una habitación individual. Metió la mano en el *visor* y pidió pieza única. No debía retirarla por cinco segundos para que el dinero fuera rebajado de su cuenta corriente. Hoy tenía deseos de acostarse temprano, no quería hablar con otros, había un algo, algo pequeño e indefinido que lo rondaba, algo que necesitaba pensar.

La habitación muy a la moda no tenía ventanas, uno de sus muros era un gran *escenógrafo* que mostraba un paisaje campestre, que sin duda uno podía cambiar a voluntad con los controles al lado de la cama, igual que la temperatura, los aromas o la música. En un *visor* convencional un menú abierto a una infinidad de posibilidades, juegos, música, cine, literatura.

Seleccionó a Beethoven y en escasos segundos el Maestro se *corporalizó* y estaba de pie en la habitación.

Se sintió terriblemente incomodo, lo había hecho sólo por jugar, no sabía qué decirle. Le ofreció asiento, sin saber si comprendería el español, o si de sordo ni siquiera le escucharía, pero por suerte él se sentó. Tenía una edad aproximada a los cuarenta, con un traje oscuro.

—No se preocupe, le comprendo perfectamente, estoy programado con un traductor—. Sonrió. Su rostro con el ceño fruncido y el cabello algo cano más abajo de las orejas recordaba a la perfección los bustos de cerámica que aún se venden en las tiendas de *souvenirs* en Bonn.

—¿Desea que le explique lo de la llamada Décima sinfonía?

—No, para nada, lo llamé, perdón, sin ninguna intención especial, salvo que lo admiro, como todo el mundo, supongo que ya lo sabe.

El hombre lo miró entre decepcionado y confuso —Pero, ¿podría responderle alguna duda, quizás?

—Cómo no. ¿Qué le parece todo esto? —le dijo señalándole la habitación.

Beethoven miró los muebles, hizo una mueca levantando los hombros: —Una pieza... una habitación, ya me he presentado aquí varias veces, ¿qué quiere que le diga? Es distinta, bien ordenada, me gusta. No sé si lo sabe, pero me he puesto un poco maniático por el orden.

—No, espere, le quiero decir, esto de poder conversar conmigo, un hombre del futuro, ¿qué le parece?

—Los artistas siempre hemos sido hombres del futuro, se lo dije más de alguna vez a Wolfgang, de todos los nobles ociosos que viven en Viena, ¿crees acaso que alguno vale más que tú? Sí señor, sí señor López, no me parece tan extraño visitar el futuro, porque sin falsa modestia, no es a mí a quien usted ha llamado, sino a mi música.

Permanecieron unos momentos en silencio.

—Perdone que le insista, pero, ¿qué le parecería si le digo que estoy aquí porque a mi edad, que pronto cumpliré sesenta, en una semana me cambiarán el cuerpo por uno de veinte?

—Igual que Fausto —se largó a reír—. Fausto, con Wolfgang, con Wolfgang Goethe discutimos sobre el hecho. De poder volver a ser joven, yo hubiera deseado poder recuperar la audición, lógico, de poder volver a ser joven muchas cosas las habría hecho distintas y no lo digo por la música, me refiero a cosas de la vida.

—Cuénteme, ¿esto lo hace feliz?

Se quedó pensando: —Creo que el poder ser llamado desde el futuro estimula la vanidad, por cierto, pero no fui programado para responderle si eso constituye la felicidad, por lo demás esa fue una de las preguntas que nunca me supe contestar en vida, y sin ser para nada original tendría que decir que la felicidad son sólo escasos momentos en la vida de un hombre.

—¿Y qué cosa lo hizo feliz?

—La Independencia de Los Estados Unidos, lo recuerdo muy bien.

—Jamás lo hubiera imaginado.

—Pues, por eso de que todos los hombres nacen y mueren iguales, lo dice su Constitución.

—Está bien, me alegro, y lo entiendo, pero, Ludwig, perdón, pero no sé cómo llamarlo.

—*Herr* Beethoven, si quiere hacerme feliz, *Herr* Beethoven, siempre me gustó ser tratado como un caballero.

—Bueno *Herr* Beetho... es que es tan largo, Maestro, ¿le parece bien Maestro? Después de la Independencia pasaron tantas cosas, los negros, por ejemplo, los negros nunca fueron considerados iguales, su única salida fue cambiarse el color de la piel.

—¿Y ya no hay negros?

—Casi no hay, supuestamente el *ONPU* estimula la no extinción de la raza, pero lo más probable es que desaparezcan todos antes de treinta o cuarenta años. Los pocos que quedan son esos porfiados que nunca faltan, hijos de otros porfiados que no quisieron someterse al procedimiento de decoloración genético, vulgarmente llamado *Cleaning*.

—Entiendo, los entiendo perfectamente, yo siempre fui muy porfiado, ¿sabe?

—Bueno, antes se los llamaban revolucionarios.

—No, por favor, no me confunda con revolucionarios, que mire lo que hicieron en Francia, tanto sufrimiento para terminar en el trono con un gordo torpe y desagradable como ese Luis XVIII.

—Es que la revolución es un proceso de las ideas, cosa que nunca entendieron los revolucionarios, su Revolución Francesa, a pesar de los protagonistas, produjo cambios permanentes en la libertad del hombre. Más de cien años después otros revolucionarios lucharon por la igualdad, porque la libertad para morirse de hambre tampoco sirve de nada. Desgraciadamente la búsqueda frenética de la igualdad coartaba la libertad, casi como si ambas fueran incompatibles. Por suerte no lo son, creo que ahora podemos decirlo, aunque la conjunción de ambas produzca una suerte de aburrimiento colectivo. Los hombres se preguntan ¿y ahora por qué luchamos? Hasta los Verdes gastaron sus banderas.

—¿Los Verdes? No lo comprendo.

—Perdón, pero es difícil de explicar, fue un grupo que nació al final del siglo XX.

Beethoven se largó a reír. Tenía una risa gruesa y contagiosa: —Yo me imaginé que vestían el uniforme de Napoleón, todos de levita verde y calzones blancos, ¿se imagina?

—¿Es cierto que usted admiraba a Napoleón y que le había dedicado su Tercera sinfonía?

—Algo así, algo así —se había puesto sumamente serio.

Otra vez hubo un largo silencio. Daniel se sentía incómodo.

—Bueno Maestro, si desea descansar…

—Sabe señor López, usted es el primero que se excusa para hacerme desaparecer, no se preocupe, lo habitual es que sencillamente me desconecten y me *descorporalizo*, vale decir me esfumo.

—¿Cómo así?

—Igual como llegué. Aprieta un botón y ya está. Le voy a hacer una confidencia, a mí siempre me llaman compositores más o menos aficionados. Quieren que los escuche, que les dé mi opinión sobre sus obras, y hasta que se las corrija, y eso no puedo, pues casi no entiendo su música, es tan distinta —se largó a reír —es horrible, le destroza los nervios a cualquiera, es intencionalmente desagradable, sin melodía, sin ritmo, sin armonía. Parecería que si alguno se atreviera a componer algo hermoso sería expulsado del gremio, piensan que eso es ser moderno, o contemporáneo, no sé cómo les llaman ustedes.

—*Ahoramimistas*, que viven en el *Ahoramismo*, bueno, es el nombre que se le dio a nuestra época. Fue un periodista cubano, quien la bautizó así, en broma y la denominación persistió en el tiempo, igual como ocurrió con el *Big Bang*, término que se acuñó como una burla de parte de un científico que no compartía la teoría, si lo tradujésemos al español sería "el gran cataplum". En todo caso habitualmente los nombres que se le dan a distintos períodos de la historia o de las artes se colocan tiempo después analizando cualidades que lo hacen diferentes a otras épocas. A vuestro tiempo los llamaron los Clásicos, después los Románticos. A propósito, de los compositores posteriores a usted, ¿hay alguno que le agrade?

—Por supuesto, sí, sí, varios, en especial Wagner, ¿sabe? También Richard Strauss y algunos rusos, tienen fuerza expresiva, creen en lo que están haciendo.

—Una de mis preferidas es Tannhäuser, aunque Pirroni que es un italiano actual también me agrada.

—A ese no lo conozco.

—Quizás otro día podríamos juntarnos los tres, debería escucharlo.

—Quizás.

Se levantaron, Daniel le estrechó la mano para despedirse -con estas manos tocaba la *Appasionata*- se le ocurrió.

—Fue un placer.

—Gracias Maestro.

Después se quedó dormido. Estaba convencido que iba a soñar, que en los sueños estaban las claves, aquellas vivencias que quería olvidar y no traspasar a Daniel 02. Pero si soñó, no pudo recordarlo al día siguiente.

# Capítulo Dos

A ngelo fue su mejor amigo, quizás el único. ¡Lástima que las cosas lo cambien todo en la vida! Al mejor amigo, con el tiempo, uno es capaz de esquivarlo en la calle, porque no se sabría que decirle: «¿Cómo te ha tratado la vida Angelo?» ¿Y cómo lo iba a tratar? Bastaba mirarlo.

Fueron compañeros en la Elemental, allí en *El Niño Feliz*, tendrían unos seis. La empatía fue mutua y más o menos inmediata. Su amistad lo hacía sentirse fuerte y orgulloso. Él era el mejor amigo de Angelo, él, Daniel López, que en la de Infantes tenía fama de llorón, con quien los mayores ensayaban futuras violaciones y si no realizaban el acto completo era sólo porque aún no sobrepasaban los cinco.

Parece increíble que la futura personalidad de Angelo se expresara tan temprano. Era un inconformista de nacimiento. Aunque quizás no era la mejor definición, era un luchador, un libertario, un anarquista, un contestatario, un hombre íntegro, un niño, siempre siguió siendo un niño, se le ocurrió con una emoción que no correspondía. Cuando diseñaba los hologramas para la *histovivencia* sobre el período conocido ahora como la *Adolescencia* y trataba de programar al Che Guevara, se lo imaginaba como Angelo, salvo que su amigo no tenía contra qué rebelarse. El sistema era una muralla impermeable, perfecta, funcionaba sola, no había brechas para la corrupción, ni siquiera para la mala intención. Las quejas no tenían seguidores.

"Los varones se han acobardado, el hecho de que las mujeres hayan tomado el control político y el de las grandes empresas, ya que su carácter conciliador lo hacía más productivo según los expertos económicos de mediados del siglo XXI, hizo que perdieran la agresividad".

Estas son las brillantes, pero incómodas, ideas de Jacson Teplee, un ensayista australiano, autor de "La única revolución". Su punto de vista no deja desgraciadamente de tener razón, nos guste o no a los varones. Sin embargo, las mujeres demostraron ser sumamente envidiosas, y aunque esta pequeña desventaja no hizo desaparecer los problemas de relaciones entre las personas, sí, les modificó el perfil.

Según Teplee ésta es la gran revolución de la humanidad, en el sentido de lo perdurable, porque verdaderamente cambió algo esencial desde que el *Homo stupidus* apareció en la Tierra, y no es que se hayan extinguido, pero se los ha podido mantener controlados. Con el *stupidus*, Teplee se refiere al sujeto bautizado por Carvajal como *"The Hollywood Cowboy"*. Ese estereotipo que soluciona todo con las armas y termina siendo el bueno de la película.

Probablemente ningún habitante de los milenios anteriores podría haber imaginado que algún día se terminarían los ejércitos y por consiguiente las guerras y todo lo que ello conlleva. Las rencillas femeninas por intensas que fueran no llegaron a la guerra. Aunque esto no es totalmente cierto, pues en un comienzo no faltaron las que pensaban que su papel era imitar lo que los varones habían hecho desde siempre, nadie olvida a una Primer Ministro, que casi anciana, se enorgullecía de haber sido llamada la *Dama de Hierro*. Los antiguos tenían unas ideas muy pesimistas del porvenir, en todas sus novelas o películas futuristas pintaban una tierra baldía después de una catástrofe nuclear. Quizás ello hubiera sido así, pero el poder femenino logró otra cosa y *Dama de Hierro* hubo sólo una.

Se podría pensar que Angelo era un misógino o algo parecido, pero no, no tenía nada en contra de las mujeres, sino que algo del sistema le resultaba incómodo. Hacía algunos años Daniel lo había encontrado en un parque, debieron saludarse. Para variar venía saliendo del *Centro de Ostracismo*, como elegantemente se llama a los recintos donde van a parar los opositores. Tenían poco de qué hablar, pero recordaba muy bien haberle preguntado: ¿Qué le criticas al sistema? Que si bien no era perfecto había llevado a la humanidad a una época de paz tan prolongada y a la desaparición de la pobreza, y aunque lógicamente no todos tenían lo mismo, ya que los había extraordinariamente ricos, por lo menos nadie se moría de hambre en el planeta, cuando hace sólo doscientos años las hambrunas mataban millones de niños en África o en la India. Angelo lo había mirado, con esos ojos tan claros, que se humedecían con facilidad.

—No lo sé, ni me importa, no tengo por qué tener argumentos, ni usar la lógica, sólo puedo vivir según mi sentir, y no me gusta, yo sólo lucho por mi derecho a sentir distinto. No somos muchos los que quedamos y en el futuro de seguro desapareceremos, como ha sucedido con todas las minorías incómodas, igual como eliminaron a los homosexuales; sencillamente nadie quería tener hijos sexualmente diferentes, era cosa de elegir, bastaba manejar un par de genes, pero mientras esté vivo, resistiré—. La emoción le había cortado la voz.

La presencia de Angelo en *El Niño Feliz* se hacía sentir, era un líder innato, sin ser jamás violento, era el que decía la última palabra, tenía momentos de cólera, pero eran breves. Desde el inicio de su amistad, se sintió protegido y de inmediato terminaron los malos tratos que recibía de los muchachos mayores.

Pero Angelo tenía una sola meta, huir. El primer escape lo realizaron como a los nueve. Desde luego fue muy sencillo, *El Niño Feliz* no tenía rejas, ni barrotes en las ventanas. Ellos lo ignoraban, no sabían que eran innecesarios. El pequeño *chip* el *PRS*, que todos los mortales reciben bajo la piel al nacer desde hace más de ciento cincuenta años era capaz de encender las alarmas y de ahí a ubicarlos físicamente era sólo un juego.

Pero para ellos no lo fue. Alcanzaron a llegar a Santiago. Angelo insistía que deberían dejar el país. En el pasado por lo menos existían caballos o mulas fuera de las reservas ecológicas y la gente los domesticaba y los usaba para transportarse; se podía cruzar la cordillera o esconderse en ella, pero ahora era imposible, ni siquiera lograrían transportarse en *El Tubo* sin que el sensor los delatara.

Habían caminado toda la noche por los frondosos bosques de araucarias y alerces que rodean la ciudad, por un pequeño claro que deja el cerro San Cristóbal llegaron al Parque Forestal, con el famoso monumento a Claudia Ochoa, que es una caída de agua de casi 50 metros iluminada por las noches, donde los enamorados acostumbran hasta el día de hoy a hacer el simbólico *Acoplamiento* de *chips* que significa una promesa de fidelidad. Él una sola vez había realizado ese acto y había sido con Muriel. Las parejas se toman de las manos, entrecruzados los dedos, y las introducen en un aparato que deja consignado que Fulano está comprometido con Sutanita. Para borrar la información deben concurrir ambos, pero no necesariamente juntos, ni en el mismo momento. Generalmente cuando uno sabe que su pareja se ha borrado, se apresura en imitarlo, pues es como admitir que fue repudiado. En todo caso esta información sólo está a la mano en las *"Máquinas del Amor"*, y no pasa de ser un juego de *Yenyanes* enamorados. Los sensores oficiales de *PRS* no se interesan en estos datos. Lo bueno o lo malo, según sea la visión, es que las máquinitas del amor existen en todos los confines que las féminas han explorado.

Estaban frente al Palacio de La Moneda, Daniel sólo lo conocía por imágenes, tenía casi quinientos años, pero no era para llamarlo palacio. *El Niño Feliz* era más grande y tenía prados. La Moneda estaba rodeada de edificios antiguos, pero sin ninguna gracia. Lo estaban comentando con el Angelo, cuando fueron aprehendidos. Dos muchachas de civil se acercaron y en un par de segundos habían sido paralizados por el rayo químico. ¿Cómo los identificaron? Fue para ambos un misterio que siempre desearon aclarar, pues para las futuras fugas necesitaban evitar que algo así se repitiera.

Unos años después creyeron tener resuelto el problema. Según todas las presunciones, el *chip* se encuentra en el brazo derecho, no es visible a rayos X. Está demás decir que por años los delincuentes han intentado algún sistema que les permita cambiar de identidad, pero es tan infinitamente pequeño que tampoco es posible visualizarlo. Pero Angelo creía poder engañar al sistema.

Dejar el Hogar fue igualmente sencillo, caminaron toda la noche. Aún no amanecía cuando llegaron al parque de transportes, la terminal de *El Tubo*, donde los grandes vehículos recargaban sus baterías. Sin ser vistos se introdujeron a unos subterráneos. Angelo desconectó un tremendo carro del sistema y antes de que sonaran las alarmas metió el brazo por el conector de *Espumogom*. Según Angelo esto produciría una corriente eléctrica de convección que con seguridad alteraría el *chip*.

Fue terrible. Algo que nunca ha podido borrar de su memoria, es seguramente uno de sus recuerdos más dolorosos. Con una explosión, Angelo fue despedido hacia atrás, gritaba como un loco, su brazo se había literalmente carbonizado. Había un olor espantoso, a carne quemada, que lo hizo comprender la aprehensión de los Verdes y sus manías vegetarianas. Llegaron los guardias y fueron llevados al hospital.

Efectivamente el *chip* ya no funcionaba. La verificación del ADN desde luego lo descubrió, después de todo el *chip* no es más que la clave genética codificada, Angelo Brunetti, 12 años, domiciliado en la comuna de Lamparilla, región Metropolitana, Hogar *El Niño Feliz*, nacido de embarazo natural, vale decir a cargo del Estado.

Su caso, el de ambos en realidad, apareció en todas las emisiones noticiosas. Fueron entrevistados, y ello sirvió para que se cuestionara una vez más la instancia de que la comunidad se haga cargo de los embarazos naturales. El asunto es complejo y lleva muchos años en el tapete de la discusión moral. Las iglesias que al comienzo se oponían tenazmente a la *Bolsa Fetal* para la gestación de los embriones humanos debieron ceder ante los hechos consumados. Ninguna mujer desea un embarazo en su propio abdomen cuando puede tener a su hijo en un dispositivo sin ningún riesgo personal, sin molestarse por nueve meses, sin dañarse su cuerpo; pudiendo visitarlo quincenalmente, teniendo contacto a través del *ordenovisor* casero con su hijo que crece y se alimenta.

Como desde hace casi cien años la fertilidad está bloqueada espontáneamente por el mismo sistema del *chip*, y para poder engendrar un hijo la pareja debe solicitarlo y de esa manera producir la espermeación del varón, cualquier embarazo natural tras una relación sexual se considera una falla del sistema y según la legislación internacional es de responsabilidad de la comunidad. La madre debe ser indemnizada por el

Estado, con una suma tan elevada que nadie podría rehusar. El aborto quedó así obsoleto. Desgraciadamente si la madre quisiera posteriormente criar a su hijo pierde el dinero. Por ello, al fin de cuentas, el aparato estatal debe hacerse cargo de los recién nacidos. Daniel y Angelo estaban obviamente en este caso.

A Angelo debieron amputarle el brazo por presentar gangrena, mientras se le preparaba su clon, dado que, por tratarse de una emergencia, éste debería ser sometido a una *"maduración acelerada"*. Sólo después de una semana lo pudieron reciclar. El riesgo de muerte, y su corta edad contraindican el proceso de selección de experiencias. —Por suerte —le comentaba Angelo —o si no estoy seguro que estos carajos me habrían alterado mi manera de pensar.

Volvieron al Hogar, pero fue por poco tiempo, ahora había muchas parejas interesadas en su adopción. A Angelo lo llevaron primero, no quiso sin embargo aceptar los apellidos de sus padrastros.

A él lo adoptó una pareja de arqueólogos. La relación con sus nuevos padres, Macarena y Alfonso, fue excelente desde un comienzo. Vivían en un mundo fascinante y desconocido. Con ellos descubrió el planeta y sus secretos, aprendió a apreciar la antigüedad, a gustar del estudio y de seguro que esa fue la clave para dedicarse posteriormente a la docencia e investigación histórica. —Cuanto más se divierte el hombre conquistando el universo, más quiero a nuestra Tierra —anda por ahí pregonando Alfonso, que después de reciclarse se ve incluso menor que él.

Es una sensación muy curiosa y extraña que los padres se reciclen y, como en el caso de Daniel, que regresen con un cuerpo tan joven como el del hijo. Macarena volvió convertida en una *yenyan* muy agraciada, y no era fácil olvidar que era su madre adoptiva.

El caso de Daniel era excepcional por todos lados, primero: él era un hombre gestado y nacido de mujer; segundo, había sido adoptado; y tercero, sus padres al momento de adoptarlo aún no eran reciclados. Todo fuera de lo habitual. Lo acostumbrado es que las parejas decidan tener descendencia después del reciclaje, lo cual parece lógico, bueno, y si no lo es, es la costumbre y punto (como termina las discusiones Isabel).

Así de bien como le fue a él con su nueva familia, así de difícil fue la relación de Angelo con la suya. A su amigo sin duda le costaba adaptarse al orden. Desde el nacimiento hasta el fin, la vida estaba comandada por una suerte de célula cibernética invisible, el *chip*, que lo delataba ante la sociedad cada vez que no se cumplía con las normas establecidas. Nada se podía hacer sin que interviniera el bendito *chip*, ni siquiera comprar un caramelo, aunque parezca lo más sencillo del mundo. Desde que terminó el tráfico de dinero entre los particulares cualquier compra, hasta realizar un simple viaje por *El Tubo*, se hace introduciendo la mano en el sensor. El costo es automáticamente descontado de la cuenta personal, sin la cual ni siquiera los niños pueden sobrevivir. Cualquier quiebre, al ser detectado se trasforma en una infracción a la sociedad, y es alertada al sistema que bloquea toda futura transacción. Es la muerte, la muerte *ahoramimista*, la flamante marca bíblica de Caín.

A Daniel la vida junto a la pareja de arqueólogos además de liberarlo de un futuro probablemente cruel, le permitió aprender a dar y recibir amor, tanto a sus nuevos padres como a la primera mujer de su vida. Durante su semana de reciclaje Macarena había hecho una amiga. A Daniel le bastó verla para caer enamorado. Era Muriel.

# Capítulo Tres

E l canto de los pájaros revoloteando entre los árboles del *visor* lo mantenía desde hacía largo rato en el duermevela. Al sentir en la muñeca la vibración del comunicador, le costó reconocer el dormitorio donde la noche anterior había estado con un Beethoven holográfico. Cerró los ojos, pero una nueva descarga del aparato lo hizo saltar de la cama. No estaban permitidas las comunicaciones en el recinto durante la semana de reciclaje, a menos, claro está, que se presentara una emergencia. Con un angustiado presentimiento no pudo menos que revivir el accidente de Isabel. Igual que ahora, él estaba en cama cuando le avisaron. Entonces se había vestido a toda prisa, con los latidos del pecho a mil por hora, -pero se necesitaba de mucha, mucha cordura, cuánto más estúpido sé es en estos momentos sé es más inútil- recordaba haber maldecido sin poder apuntarle a las piernas de los pantalones. Respondió la llamada. Había un problema con su carro en el estacionamiento. Respiró aliviado. No podía entender los motivos para estar aislado del universo por casi una semana, pero aquí eran inflexibles en este punto. Se vistió, también tenía algo de hambre y aprovecharía de desayunar.

Había olvidado, o mejor dicho había hecho mal la conexión al *Espumogom* y las baterías no se estaban cargando. No era grave, tenían aún cuatro días para recuperarse. Le dio unos golpecitos, casi unas caricias, a su *Leroy 320*, a su armatoste como lo catalogaba Isabel que no podía entender cómo su marido podía conducir un vehículo de ocho años de antigüedad, modelo en extinción pues permitía aún conducción manual.

En el comedor Gina lo esperaba. Estaba especialmente sexy con un ceñido *corporín* azul caribe, y aunque ahora se atrevía a mirarla a los ojos sin inhibición, no dejaba de perturbarlo.

—¿Qué hiciste anoche? —le preguntó después de besarlo.

—Me acosté temprano. Estuve jugando en el estupidógrafo del dormitorio, conversando con Beethoven.

—¡Qué manera de ser aburrido! Esta noche te voy a llevar a bailar.

Pero antes lo acompañó al Seleccionador virtual. Había muchas posibilidades donde realizar la segunda sesión. Discutieron un momento y terminó en una fortaleza medieval del siglo XIII.

—Pasaré a buscarte al mediodía —se despidió Gina, que con dos toques a los controles *corporalizó* un castillo en la estancia vacía.

¡Y qué castillo! Hasta el olor a humedad estaba presente. Una enredadera trepaba por el muro que filtraba un poco de agua y las tablas del puente levadizo estaban carcomidas por la termita y astilladas por las patas herradas de los caballos. El foso, a más de diez metros de profundidad, remataba en fluidos verdosos y las ranas croaban de cuando en vez, haciendo aflorar unas burbujas gordas y espesas en la superficie.

Florencia lo esperaba bajo una encina que colaba en manojos los rayos del sol.

—¡Hola! ¿Cómo amaneciste?

Se veía anacrónica con el traje ajustado y, aunque evidentemente no podía compararse con Gina, no pudo dejar de admirar sus formas que harían las delicias de un pintor renacentista.

Se sentó a su lado. Sobre sus cabezas se alzaban los muros de una torre rematada en dos ventanucas estrechas, como las de un cuento infantil, cuyo nombre sencillamente se le borró de la mente, pero se trataba de una princesa con una trenza larguísima que la dejaba colgar por el balcón.

—¿Prefieres aquí afuera o entramos?

—Aquí está bien —convino Florencia y abrió su libro teclado —¿alguna música *ad hoc*? —Y desde un rincón indefinible surgió el sonido de un laúd con la melodía de *Greensleeves*, con sus más de setecientos años a cuestas y que cada cierto tiempo todavía es interpretada por algún gritón y desafinado cantante *ahoramimista* —bueno —le sonrió. —¿Dónde habíamos quedado ayer, en tus cinco años y el hogar *El Niño Feliz*?

Le relató por más de tres horas sus experiencias en el asilo. Parecía increíble, pero todas eran anécdotas divertidas, hasta sus dos escapadas resultaron graciosas. Florencia reía de muy buena gana. Tenía los dientes muy parejos y blancos, lo cual por lo demás es la norma entre los reciclados, ya que como todos saben es posible modificar el clon antes de recibirlo, una suerte de cirugía estética, sin postoperatorio, ni dolor y sin costo que es lo más importante. La Empresa entrega un cuerpo perfecto, o lo más parecido a la perfección, cualquier enfermedad o desaguisado genético lógicamente es eliminado y los arreglos cosméticos quedan a gusto del cliente y han sufrido muchas modificaciones a través de los años, por eso de las modas.

Hicieron un alto y entraron a visitar el castillo. Tomaron un café. Florencia mantenía fija la mirada por una fracción de segundos más que lo habitual y lo ponía tenso, y cuando eso ocurría, él contaba chistes malos o hablaba de algo sin importancia para desviar la atención, pero ella insistía. No era ni más ni menos que un acoso. Después de todo no sería nada de extraño acceder a sus requerimientos, con frecuencia se contaba entre los reciclados que en su estadía habían practicado el sexo con las *psicoguías* o con las orientadoras como Gina. Lógicamente Angelo y tipos de su calaña alegaban que ellas estaban contratadas para convencer a algún reacio, o sea putitas algo más sofisticadas. Lo cual sería bien tonto ya que nadie lo obliga a uno a reciclarse. Toda esa sarta de disquisiciones se estaba haciendo mientras Florencia apoyaba descuidadamente la mano sobre su muslo, muy cercano a la bragueta cuyo morador inquieto quería participar del evento. Pero sucedió algo inesperado: el patio empedrado, protegido de escalas que subían la muralla almenada, se llenó de gente; rodeaban a una mujer vestida de blanco y velos púrpuras.

—¿Sabes quién es esa? —Florencia había vuelto a su papel de *psicoguía* —Eleonor de Aquitania, perdona, pero las realizadoras de estos programas virtuales son en general excesivamente feministas. Deberías saber que, aunque no fueron muchas, tuvimos algunas heroínas en esa época horrible en que era casi imposible destacarse siendo mujer. Por eso es que las quejas de los hombrecitos por haber perdido sus privilegios no me parecen adecuadas, especialmente si se toma en cuenta las barbaridades que nos hicieron por siglos.

Daniel prefirió no contestar, de lo que estaba seguro, es que, si en algún momento sintió algún deseo por Florencia, ahora lo tenía bien anulado. Lo único malo de ser varón, respecto al deseo sexual, es que hay ciertos detallitos que no se pueden disimular. Y como ella siguiera con sus dedos tamborileando sobre su pierna, muy cerca del detallito, sencillamente se puso de pie.

—Todavía no tengo la más peregrina idea de qué tipo de recuerdos debo eliminar.

—¿Cuántas veces has rechazado a una mujer? ¿Has tenido experiencias homosexuales? —Florencia, hacía como que jugaba con su libro teclado y sin mirarlo, apretó, quizás casualmente, algún botón y el entorno se transformó. Eleonor y sus acompañantes se quedaron quietas como congeladas.

—No, que yo recuerde —dijo Daniel vislumbrando que no podía tomar las riendas del asunto.

—¿Y en el Hogar? Tú me contaste que los muchachos mayores habían intentado violarte, quizás te quedó gustando, qué sé yo.

—Creo que debería bastarte si te digo que no.

Florencia seguía sin mirarlo. Por fin logró arreglar el desacierto con el teclado y las mujeres del castillo volvieron a moverse.

—¿Sabes si en estos momentos Eleonor representa a la reina de Inglaterra o la de Francia?

—No lo sé, el profesor de historia eres tú, para ser franca no me interesa, ni lo sabía de antes. La Edad Media debería estar prohibida por maldita—. Florencia había levantado la vista, pero su mirada ahora le pareció de odio. Miró el reloj: —Es hora de terminar la sesión.

Lo dejó solo, algo perplejo por su partida intempestiva. Miró al grupo de mujeres. Al fijar la vista en ellas se alzaba el volumen de la voz. Parece que hablaban una especie de francés, pero no quiso usar el biotraductor.

—Te esperaba en los comedores—. Gina había ingresado al patio —sabes que nunca había estado aquí, sígueme, quiero conocerlo —lo tomó de una mano y se lo llevó corriendo.

Era una recámara enorme, casi vacía, en el medio de la estancia había una cama con un increíble baldaquín. Gina se lanzó sobre ella saltando —es durísima —comentó —perfecta para practicar el sexo.

Daniel se acercó lentamente, un tanto cohibido, sin poder eludir el pudor de saber que ella fuera apenas una niña. Mientras tanto Gina sin dejar de mirarlo con malicia, se retiraba el buzo azul-caribe descubriendo de inmediato su piel dorada, ya que la ventaja del *corporín* es que no requiere ropa interior, pues regula la temperatura.

—¿Trajiste tu Volavola? —ella se refería a las drogas que además de aumentar y prolongar el placer, producen fantasías eróticas imposibles de obtener por otro medio. En realidad, pegarse un polvo sin uno de estos aerosoles o tabletas sublinguales es una soberana estupidez.

—No venía preparado —Daniel levantó los hombros, señalando su pecado.

—¡Pero qué casualidad más asombrosa! Veo que nunca fuiste *Scout*, siempre lista, Danny, siempre lista —y mientras reía, aspiró dos veces por cada ala nasal y le alcanzó el frasquito.

Daniel repitió el rito y de inmediato como una ola, el intenso deseo que despierta la medicación lo transformó, haciéndolo olvidar todo el pudor que lo inhibía. A tirones se sacó la ropa, después de lo cual por horas se refregaron sobre la cama, dura como una piedra, con el dosel que en cada barquinazo amenazaba con caer.

La noche lo encontró cansado. La increíble Gina cumplió su amenaza y lo llevó a bailar. Apenas él le reclamó que sólo drogado lo lograría, ella abrió su cartera que más bien parecía un muestrario de farmacia. Había píldoras de todas las marcas y de todos los laboratorios del mundo. Inhaló dos *"vidita-vidoca"* y los pies se le deslizaron solos por la pista.

Se tendió sobre la cama sin retirarse la ropa, hizo un giro en el aire con el dedo, como dirigiendo una orquesta y de seguro apuntó al controlador del muro pues un luminoso menú con su melodía característica empezó a circular lentamente ante sus ojos. Una larga lista de planetas, de satélites y sus bases habitadas mostraban los avances actuales de la conquista espacial, la historia de la clonación, la del arte *no-trop* y el *neotropismo*, conceptos actuales sobre el *ahoramimismo*, mujeres famosas en el desarrollo del pensamiento. Esto último lo hizo sonreír recordando su tácito altercado de la mañana con Florencia; después de todo con un par de aspiradas a un buen *Volavola* no hay mujer que no lo seduzca o lo deje insatisfecho a uno, pero eso de tratarlo de maricón no está bien y no tiene por qué aceptarse.

La historia de la Clonación empezó a *corporalizarse* espontáneamente en el espacio sobre la cama, sin que él lo pidiera. «¿Por qué crees que se autoseleccionó? Es lo que quieren vender aquí, por eso lo promocionan» le habría apuntado maliciosamente

Angelo, «te quieren convencer a toda costa, pero debes ser firme».

Mantenía los ojos semicerrados y en la práctica sólo escuchaba. Una voz de mujer muy agradable iba dando explicaciones: las primeras experiencias se realizaron con bacterias, comentaba, después con mamíferos, la oveja Coty o Dolly, algo así, y el primer clon humano: el famoso Johny, aunque el nombre no lo escuchó bien, porque la Gina lo había dejado exhausto. La condena mundial había sido unánime. «Pero no pasó de las palabras, tú sabes, al final todos se acomodan, siempre se encuentran explicaciones para adherir a los hechos consumados e irrefutables, durante siglos la religión ha sido maestra de la adaptación». Angelo seguía fastidiándolo con sus comentarios como pulga en el oído, «de seguro que dirán ahora que la Clonación siempre estuvo en los planes de Dios, así sucedió con la Evolución de las Especies, después que la negaron por dos siglos».

Pero había un problema, al inicio sólo se obtenía un clon recién nacido. Cuando la primera mujer clonada, la también famosa Anmarie, llegó a la edad adulta, no alcanzó a conocer a su dadora o hermana o madre quien sanamente le proporcionó su código genético; y en nada se pareció jamás a esa precursora que fue una mujer brillante y por eso mismo elegida para ser la primera. En vez de ello dedicó su vida a pasear por el mundo sacándole partida a su extraña partenogénesis. Paradójicamente, a su muerte, se negó a proporcionar una célula, ni siquiera una sola, para ser usada como otro clon de ella misma y de su hermana-madre por ende; pues su vida había sido un largo calvario declaró, con lo cual los curas arremetieron de nuevo y el proceso se detuvo algunos años. Bueno, no porque uno se clone va a ser feliz, no tiene nada que ver una cosa con la otra (esto último lo digo yo que todavía no me he clonado).

Seguía con los ojos a medio abrir y las figuras continuaron paseándose a su lado. La voz continuaba su letanía: sin duda el paso más importante no tuvo que ver con la Clonación en sí, la cual estaba superada hacía muchos años, sino con el *NRM*, o sea la transmisión de un encéfalo a otro de la información vivencial o de memoria, lo cual transformaba verdaderamente al clon en un espécimen auténticamente similar a su predecesor. Desgraciadamente el dador, por llamarlo de alguna manera, quedaba vacío de información y hasta ahora no se ha logrado la reproducción de la memoria en ambos clones simultáneamente.

La doctora Angela Pereira alrededor del 2130 estuvo trabajando en *NRM* y logró el *transvase* de memoria de un humano a un chimpancé, con unos resultados nefastos y que nadie ha podido olvidar. Por de pronto George, que así se llamaba su paciente conejillo, quedó con la mente en blanco. La Pereira se defendió en la Corte, pues el asunto llegó a la justicia, que antes nadie lo había hecho y no era por lo tanto antiético intentarlo, pues ella ignoraba ese pequeño detalle. El chimpancé a pesar de contar con toda la información de George no fue capaz de hablar, (obvio si no tenía cuerdas vocales) ni menos de escribir, aunque lógicamente actuaba de forma muy extraña, parecida a un humano, a un humano que sufría. Después de un mes de observación, mientras a George se lo mantenía congelado, la Pereira invirtió el proceso y George recuperó sus vivencias, mientras el mono quedaba vació y moría tiempo después. Pero George no volvió a ser el mismo, en su época no se supo explicar. Ahora sabemos que al retornarle sus vivencias también le fueron transvasadas las del animal. Nunca se aclaró si George se suicidó o no, los testigos de su muerte lo vieron caer cuando intentaba saltar de un balcón a otro en un edificio de un antiguo barrio en Manhattan.

El programa con su cháchara continuó, pero Daniel entraba por fin en un sueño más profundo, todavía Daniel *cero-uno, cero-uno,* sigo siendo el mismo, no me han cambiado, refunfuñaba en la modorra, no quiero tener el cerebro de mono... hasta que comenzó a roncar rítmicamente y algo que soñaba lo hacía sonreír.

# Capítulo Cuatro

**M**uriel se tendió en el sillón inclinado, que se inflaba por parcialidades como las camas que usan los enfermos inmóviles, cruzó el par de cinturones, se colocó el casco y cerró los ojos. En un par de minutos estaría profundamente dormida. Había solicitado no ser despertada por varios días. Para el viajero frecuente no dejaba de ser tedioso un viaje largo en la oscuridad del cielo, viendo *histo-hologramas* viejísimos o tratando de jugar con otros pasajeros, sobre todo cuando hace tiempo se ha pasado los cincuenta años. Alain, a su lado, había pedido lo mismo. El viaje a Europa, uno de los casi 100 satélites que actualmente se le han descubierto a Júpiter, tomaba casi tres semanas cuando el planeta está más cercano a la Tierra. Desde hacía muchos años que no se producían accidentes, ya que un sistema codificado hasta la saciedad fijaba una ruta con antelación para cada día del calendario terrestre hasta el año 3000. Bastaba discar el momento de la partida y con toda exactitud se predecía el momento de la llegada. Todo tan rutinario y hasta aburrido que parecía mejor irse dormido por unos días, ingerir algún alimento, hacer una pasada por el *toilette* y echarse a soñar. La última jornada, una buena ducha, para llegar al destino con buena cara.

Con Alain habían estado varias veces en Eurón (para no confundirlo con el viejo continente terráqueo). Se suponía que en los últimos años se habían producido bastantes adelantos, por de pronto Nueva París era una ciudad de reciente construcción, pero a pesar de la cacareada intención de darles un toque de humanidad a las colonias, siempre se caía en un tipo de construcción extremadamente dura; la falta de accidentes geográficos notables, como cerros, bosques, o un simple arroyuelo complotaba con la artificialidad que finalmente se lograba. Por de pronto, la superficie de Eurón parecía una costra helada con algunas quebraduras que eran su único paisaje y relieve. La réplica de la torre de Eiffel era penosa, daban ganas de llorar. A todas horas la ciudad se veía vacía, poquísimos carros cruzando el cielo, muy ordenaditos cada uno por su *carrier* electromagnético.

—Ya sé, nunca lo había pensado, es la falta de luz natural —Alain le tiraba de la manga, haciéndola mirar el cielo —te das cuenta que esta luz es medio violeta o muy, muy clara, muy blanca. Esta atmósfera de tan poco espesor me hace sentir como si estuviera adentro de un huevo, de una cúpula. ¿Cómo le dicen los italianos a las cúpulas redondas, como medias naranjas?

—¿Domo?

—Sí, eso, domo. ¿Te das cuenta que aquí siempre hay un buen motivo para añorar la Tierra?

Alain la tomó por la cintura y la besó. Era el tercer marido de Muriel. Se conocieron en la Universidad de Lovaina donde ambos trabajaban en el laboratorio de biología. Su misión actual se debía desarrollar en *Io-Dos*, un pequeño asteroide vecino al tormentoso Io, otro de los satélites de Júpiter, siempre convulsionado por erupciones volcánicas. *Io-Dos* no estaba habitado, ni tenía atmósfera artificial como Eurón.

Alain había enunciado una teoría revolucionaria sobre el origen de la vida. Su gran inteligencia enamoró a Muriel casi a primera vista. Bastó que él tomara una servilleta de la cafetería de la universidad y dibujara una sencilla célula, o sea un círculo con otro más pequeño en su interior: —Está viva, ves, ahora la toco con una lanceta penetrando su membrana y está muerta, ¿qué ha cambiado? Esa es la clave. Parece casi absurdo, pero lo más importante para la gestación de la vida, es esta membrana. Hace millones de años un grupo de átomos lograron aislarse del resto del material particulado del universo y construyeron la membrana, una muralla, no creo que podríamos aún llamarla célula, quizás apenas un antecesor de los virus. A lo que está dentro de la muralla lo llamamos material vivo, capaz de crecer y reproducirse, de conseguir energía para mantener sus puertas cerradas. Sólo se está vivo mientras se puede mantener la identidad o sea las diferencias constitutivas con el medio que nos rodea. Pero la orden para construir la muralla, esa orden es intrínseca a la materia, igual como es la atracción de masas de distinta polaridad, no es un porque sí, no es mágico, ni necesita la acción de un tercero, sólo obedece a leyes de la materia—. Muriel lo miraba a los ojos llenos de vivacidad. Para ella, sin duda la clave de la vida, de su vida futura, era él, se quedó pensando, con una sonrisa en los labios y algo liviano como un suspiro dándole vueltas.

Alain se tiró sobre la cama del hotel. —Estoy realmente cansado.

—Pero si dormiste todo el viaje —reclamó Muriel.

—No, cansado de esto, de viajar hasta el extremo del universo a buscar una semilla, ¿me entiendes? Llevo casi cuarenta años en lo mismo, tratando de demostrar algo tan pequeño, que quizás no le interesa a nadie. ¿A quién le importa en realidad, que la vida esté naciendo en cada instante de fuerzas infinitesimales entre partículas subatómicas; ¿que la vida no apareció en el universo por una casualidad, porque ciertas condiciones físicas, diferentes a las actuales, hicieron que unos rayos cayeran milagrosamente sobre unas proteínas y las convirtieron en ADN y éste decidió sólo porque tenía ganas reproducirse y evolucionar? Difícil de tragárselo, ¿no? Peor aún si inventamos un caballero que de un soplido decide organizar la materia de la manera más complicada posible, con millones de especies diferentes, capaces de evolucionar, desaparecer, o qué sé yo. Es que la vida y la muerte nos causan tal desconcierto y pavor que nos negamos a aceptar hechos simples y nos refugiamos en las explicaciones mágicas. Piensa en una persona cualquiera que recién ha perdido a un ser querido, lo único que deseó siempre era que el amado no muriese, pero si lo ve resucitar, ahí mismo se muere de susto; al revés si algún elemento inerte como una roca, empezara a crecer o hablar, el pánico sería igual. Sin embargo, la vida y la muerte son etapas de un ciclo de la materia, lo que llamamos muerte es sólo una situación de reposo, que lógicamente toma miles de años. La vida es sólo un estado de organización de la materia.

—¡Quién te escuchara hablar! No te reconocería, tú, que has despotricado desde siempre contra los filósofos que, según tú, nada han aportado a la humanidad, salvo torpedear a la ciencia con sus teorías engorrosas y petulantes, sales ahora con una explicación de la vida, que, ¿qué quieres? No pasa de ser una especulación más.

—Por eso mismo es que necesito demostrar la potencialidad de las partículas aparentemente inanimadas en la generación de la vida, me lo he repetido tantas veces en estos años, pero ya no sé si lo quiero hacer o se lo dejo a otros, total es cuestión de tiempo averiguarlo; llega un momento en el desarrollo de las ciencias en que a todos se les ocurre lo mismo, de repente todo parece obvio y se descorre el velo.

Muriel se tendió a su lado y le acarició la frondosa melena, mientras él se ponía a ronronear, que era su juego favorito. Después de unos minutos, mientras Alain se relajaba y se dejaba mimar, extrajo de su cinturón el aerosol afrodisíaco, la vieja manzana del Paraíso y, como Eva, se lo colocó sorpresivamente en la nariz. Alain lo aspiró dos veces y sucumbió a sus encantos.

—Creo que sería hora que pensáramos en tener un hijo, nos estamos poniendo viejos —se le ocurrió decir quizás por qué motivo, mientras aprisionaba con fuerzas su busto maravilloso, fruto de la altísima perfección lograda por la remodelación plástica sin cirugía, tan de moda en ese tiempo.

—Apenas nos reciclemos —alegó Muriel, aspirando también el *Volavola* después de lo cual lo agarró del cabello con tanta energía que lo obligó a quejarse, pero ello no le importó y le mordió los labios hasta hacerlo sangrar.

—¡Por Dios que estuviste violenta! —reclamó Alain con suavidad esa noche, degustando su *Napoleón* entre la lengua y el paladar.

Estaban cenando en la terraza del hotel, una música suave y pasada de moda amenizaba la velada, algunas parejas bailaban. Los de apariencia juvenil eran lógicamente reciclados, los *Jenjaunes* no se aparecían por un lugar tan retrógrado.

Muriel enrojeció. —Alain, no me lo vuelvas a repetir, siempre gozas molestándome después de hacer el amor, como si a ti no te gustara. Yo creo que el *Vola*, ese nuevo que trajiste es muy potente, no me doy cuenta de lo que hago, ahora si tú quieres... lo cambiamos —terminó riendo con malicia.

Él no respondió, sencillamente se puso de pie y la sacó a bailar.

—Alain era un gran bailarín, nunca he podido olvidar esa noche en Eurón —continuó con su relato Muriel, con los ojos enrojecidos y brillantes.

Macarena, su interlocutora en ese penoso momento, la consoló atrapándole suavemente las manos. Ambas mujeres, junto a Alfonso, hacían el *"Lavado cerebral"*, como con mofa se tilda a la estancia en la **RSSA**, esperando ser reciclados, contándose confidencias y temores, sin saber qué tipo de vivencias se deben guardar en la nueva memoria y qué hechos dolorosos desechar.

—La muerte de Alain fue dolorosa, muy dolorosa —continuó Muriel —pero, ¿cómo podría sencillamente borrarlo de mis recuerdos y olvidarlo? Cuando yo estaba tan ligado a todo lo suyo, a su ser, a su especial sensibilidad. Mi primera intención fue de rechazo al reciclaje, no sentía ningún deseo de vivir sin Alain, pasarme ochenta o cien años sin él, pero creo que mi interés en su trabajo pudo más que la depresión. Alain me lo había advertido, pero en ese momento no lo entendí, fue en *Io-Dos*, los días antes a su muerte. Creo que ya había instalado en el descifrador las minúsculas partículas que lo obsesionaron por años. No he sido capaz por el momento de descubrirlo en la jerigonza de su sistema de ordenadores. Él jamás había sido tan cariñoso, creo que era un mensaje. ¿Has estado en *Io-Dos*, Macarena? No es lo que se pueda llamar atractivo. La escasa luminosidad de Júpiter y la falta de atmósfera provocan una visión extraña, de blancos y negros, sin tonos intermedios, como era en nuestra Luna hace cien años. Con Alain protegidos en nuestras burbujas recorrimos su superficie congelada —si la vida nace a diario —repetía Alain —necesariamente debe estar naciendo aquí, que después de todo es el punto más lejano hasta donde ha podido llegar el hombre y pasarán siglos para que pueda alcanzar otros soles.

Reinaldo Martínez Urrutia

Hubo momentos en que estuvimos prácticamente solos, pues la tripulación se quedaba en la nave, él era increíble, pretendiendo hacer el amor a través de la burbuja, lo cual es imposible cuando no hay atmósfera. —¿Te imaginas? —Muriel se sonrió. Su rostro, a los sesenta, casi no tenía arrugas, pero su pelo canoso, desde que dejó de teñirlo, le daba un aspecto de especial bondad.

—Me prometiste que irás a Chile con nosotros —apuntó Macarena, para sacarla de sus acongojados recuerdos.

—Sí, yo estuve ahí, como a los veinte, en las Torres del Paine y en unas planicies heladas. ¿Sabes? Mi primer marido era chiflado por los hielos.

Momentos después se unieron a un grupo de reciclables disfrutando como niños con el "electrón mágico", en medio de las carreras y risotadas que normalmente provoca ese juego infantil.

Unos días más tarde, Daniel los esperaba en el aeropuerto, permanecía sentado con los ojos cerrados, mientras diluía suavemente bajo la lengua una tableta y decenas de sensaciones placenteras lo recorrían. Sentía que el cuerpo le crecía, que cada vez ocupaba más espacio y que cada momento era más feliz, cuanto más grande más feliz. Nunca se puede traducir en palabras las inverosímiles vivencias que la nueva generación de psicotrópicos es capaz de desencadenar, pero son sencillamente fabulosas. La propaganda lo resaltaba, jamás un indicio no deseado, ningún tipo de acostumbramiento y por sobre todo de un efecto tan fugaz como un par de segundos, pero que para el usuario parecían días enteros. Después de unos instantes como era de esperar, abrió los ojos, sonreía. Su mirada se dirigió al escenógrafo del muro. La nave de Macarena y Alfonso se mostraba como un punto naranja en la pantalla, llevaba recorrido casi el cien por ciento de la ruta y antes de 0,6 minutos llegaría a Santiago y entonces se vería su imagen descender verticalmente sobre el aeropuerto "Marcela Fernández" en el remodelado barrio de Providencia.

Uno cree estar preparado, después de todo, un poco más de la mitad de la población del planeta es reciclada. Macarena le había mostrado imágenes y hologramas de ella y Alfonso de cuando eran jóvenes, de **sus** primeras incursiones arqueológicas, pero por muy perfectas que fueran, encontrarse con que sus padres se han convertido en dos adolescentes, resulta chocante; uno los mira y no lo puede creer, se necesita de un mes o más para acostumbrarse. Se abre la boca como un bobo, se sonríe y no se sabe que decir. Macarena lo abrazó, su voz era la misma, pero parecía salir de abajo de una máscara, sus dientes perfectos, los ojos de un brillo increíble, sus piernas hermosamente torneadas, hizo un giro como un paso de baile. Algo le hizo recordar la sensación de felicidad de su reciente tableta psicotrópica. Su padre, bueno era una manera de decir, un muchacho esbelto y sonriente, casi imberbe, con la voz de Alfonso, con algo de él, con sus gestos, pero sin sus bigotes, esos que le bajaban por las comisuras y que hacían tanto enfadar a Macarena, también traía en sus ojos un destello diferente, como el de aquel que regresa de un largo viaje, del peregrino que lo ha visto todo.

Unos pasos más atrás, con su valija en el suelo, sobre unos tacones finísimos, mientras él abrazaba a sus padres, Muriel, mirando el suelo de azulejería.

Llegado el momento de las presentaciones le sonrió con cortesía, pero sus ojos no le sonrieron, no tenían el brillo que los otros rescataron de su viaje por el mundo del Fausto, donde se retorna por el sendero de la juventud, sin necesidad de vender el alma al diablo, aunque su amigo Angelo aseguraba que sí había una transacción maligna.

Se sintió enrojecer. Era despiadadamente hermosa. Ella ni siquiera lo miraba y una sensación dolorosa le partió el pecho en dos. A sus diecinueve años no estaba en edad de ruborizarse de esa manera, todo un estudiante universitario, un muchacho criado en el asilo, una suerte de ex convicto, un chico que debería haberlo vivido todo. Se dio media vuelta, recogió las maletas y partió a la máquina transportadora.

La adaptación a la nueva corporalidad tomaba su tiempo, el **RSSA** y las compañías de seguro de jubilaciones, que eran los impulsores y financistas del reciclaje, pues para el usuario es absolutamente gratuito, lo sabían, por ello, cada reciclado tenía tres meses de vacaciones pagadas, antes de reintegrarse por cuarenta y cinco largos años más a su trabajo. Si se lo plantea así, tres meses son una mezquindad. Es cierto que las quiebras, en el siglo anterior de todos los sistemas de previsión, originadas por la mayor longevidad de la población, en la práctica, obligó a tomar una medida semejante, pero la tentación de volver a ser joven fue un acicate tan potente, que no fue necesario hacer la medida obligatoria.

Macarena decidió y por lo tanto Alfonso también, pasar los tres meses en su casa del Cajón del Maipo, que casi tenían abandonada, pues por ser ambos profesores asociados de la Universidad de California, la mayor parte del tiempo la ocupaban viajando.

Daniel también se trasladó allí, después de todo en unos minutos estaba en la Escuela. Mientras Alfonso se dedicaba al jardín, Macarena trotaba alrededor de la casa. Sólo Muriel permanecía quieta, sentada bajo un árbol, leía u observaba con un catalejo las aves en las cumbres del cañón. Moverse era importante, había que volver a aprender a manejar el cuerpo, los años lo habían habituado al sosiego. El **PRODUCTO**, como se designaba al nuevo cuerpo, era entregado con su correspondiente catálogo de instrucciones, que era también algo así como la garantía. Muriel lo había olvidado en el profundo fondo de su maleta.

Daniel detuvo la motorina a su lado. No sabía cómo tratarla. Una mujer tan hermosa, pero que por edad podría ser su abuela.

—Muriel, —ella levantó los ojos de la lectura, como si lo viera por primera vez —¿qué lees? Hace años que no veía a alguien leer un libro.

Se sintió desconcertada, levantó los hombros y su mirada parecía de niña asustada. Daniel decidió atacar con todas sus armas.

—Ven, sube, no es posible que lleves dos semanas sin moverte, sabes que eso no te hace bien —y estiró su mano. Ella la asió, dejándose hacer sin chistar.

La motorina se elevó suavemente a no más de diez metros y bailoteó unos instantes sobre la casa, los suficientes para que ella se tomara de su cintura.

Daniel eligió el *carrier* que subía remontando el río. Con el sol de la mañana el río Maipo parecía un cordón metálico y la pequeña máquina con ambos a cuestas iba proyectando su sombra sobre las laderas. Hasta el poblado del Volcán el *carrier* automático guiaba los vehículos por su sendero aéreo en forma obligatoria, si se deseaba continuar el viaje por el aire, debería maniobrarse manualmente. Daniel decidió continuar el ascenso para demostrar sus destrezas, pero a los pocos instantes Muriel lo pellizcaba obligándolo a detenerse. Le costó encontrar una sombra para aparcar a esas alturas, donde los cerros son tan estériles.

—Me debes encontrar extraña —se excusó —no sé por qué me he puesto tan cobarde, si supieras las veces que manejé una motorina como la tuya entre las cumbres de los Alpes.

Daniel sentía unos deseos incontrolables de besarla, pero no se atrevió.

Días más tarde ella lo abordó. Quería ir a las Torres del Paine y le contó una historia de su juventud y después otras historias de viajes, de cuando vivió en España y que por eso hablaba español y que le parecía inconcebible que en pleno siglo XXII esos salvajes mantuvieran las corridas de toros y que los criaran especialmente para ello y que ni los propios Verdes en su tiempo fueron capaces de ganarles esa batalla.

Daniel le tomó las manos —¿Te importaría si yo te acompaño?

—Me cuesta, déjame serte honesta, me doy cuenta de que te gusto, pero lo encuentro, tan imposible, aunque esa no es la palabra, desatinado quizás, te das cuenta que tengo sesenta años y tú, ¿qué sabes tú? He conocido a tantas que al reciclarse se vuelven loquitas y se embarcan en aventuras con el primero que se les cruza. Siempre supuse que eran mujeres muy tímidas o reprimidas, pero no es mi caso, no quiero desilusionarte, pero además de mis tres matrimonios he compartido con no sé, pero con muchos varones, ¿me entiendes?

—¿Me dejas acompañarte?

—Parece que nada te hará cambiar de opinión.

El parque de las Torres conserva el atractivo de lo agreste, no se permite llegar a él en vehículo propio y tampoco existen hoteles donde alojarse. Daniel y Muriel acomodaron su carpa en una planicie con vista a esos picachos nevados que parecen rascacielos. El aire estaba helado.

A pesar que desde hace años se controla el clima regulando el espesor de la capa de ozono, el lugar sigue siendo frío, incluso más que antes, dicen que es la manera de mantener los hielos y el nivel de los mares. Encendieron una fogata con unos troncos de *maderamina* que proporcionaban en el parque. Daniel desarrolló en ese momento y, por primera vez con otra persona, su idea de las *histovivencias*. Él mismo no lo tenía muy claro en ese tiempo —porque la historia que conocemos es la historia de los gobernantes o los de su clase; no sé cómo hacerlo, pero pienso que debería contarse la historia a través de la gente común, mostrar por ejemplo qué sentía el hombre, un trabajador de la tierra, en la Edad Media respecto a Dios, si efectivamente le temía tanto, si es cierto que postergaba los placeres terrenales en vista a una vida celestial o de cómo en nuestro tiempo el mismo Dios sobrevive a duras penas, pero que el Diablo murió hace mucho y con él los pecados, supongo.

Muriel lo miraba a través de las llamas que parecían bailotear en su rostro. Se puso de pie y se acercó a escasa distancia de sus ojos —tus ideas tan llenas de pasión, me recuerdan a mi difunto marido, Alain siempre estaba discurseando sobre el origen de la vida, era una verdadera obsesión.

Permanecieron muy cerca, quizás un medio minuto, sin hablar. Entonces ella cerró los ojos para que Daniel la tomara.

Es cierto que hay recuerdos que uno tiende a mitificar, Muriel se convirtió con los años en un dolor lacerante que fácilmente lograba traer a la memoria con sólo evocarla, y todavía lo hacía a menudo. Pero también llegó a simbolizar la sexualidad, la pasión más desenfrenada, los tres meses vividos con el acelerador a fondo, la frustración, el llanto y hasta las únicas ideas suicidas que ha tenido en la vida.

Lo habían discutido, o mejor dicho Daniel creía tener la solución, cualquier cosa para no perderla. Era tan sencillo, bastaba que él no se reciclara en su momento y las edades o como se llame, serían las mismas. A veces Muriel no era capaz de contener el llanto, pero tampoco le parecía aceptable que él renunciara a más de la mitad de su vida; sin embargo, parecía olvidarlo todo por unos días y la felicidad los enajenaba de nuevo. No dejando lugar por recorrer, hasta *La Máquina del Amor*, donde los jovencitos se prometen eterna fidelidad con un tonto compartir el *chip*. Daniel siempre quiso pensar que la máquina era una tontería, pero sin querer reconocerlo, nunca borró la información, como si ese juramento lo comprometiera para siempre.

El plazo se acortaba, el contrato de Muriel la obligaba a volver a Eurón, Daniel hasta el fin conservó alguna esperanza. —Pero no fue, no pudo ser, era imposible, lo lamentaba, también sufría, jamás lo olvidaría—. Daniel miraba incrédulo la carta; la primera carta que recibía en su vida, la única, porque jamás recibió otra después.

Y ese día nació el mito, la fantasía que la relacionaba con todo lo bello, mientras el sollozo nublaba las últimas páginas de su larga misiva, manuscrita con una letra pareja y redonda, quizás muy grande, pero propia de una persona de su edad, de una mujer de sesenta, de sesenta malditos, recontra malditos sesenta años.

# Capítulo Cinco

D aniel despertó con la sensación de haber soñado toda la noche, pero sin recordar detalles. Se miró al espejo al rasurarse. Los cañones que asomaban en la piel del mentón eran todos canosos. De dejarse crecer la barba, ésta sería completamente blanca. Pequeñas arrugas hacían un abanico desde los párpados y las manos mostraban la piel brillante y adelgazada con venas prominentes y pequeñas manchas cobrizas que no existían hace unos años. Isabel conservaba aún su rostro joven, pero las mejillas habían también empezado lentamente a relajarse. Ambos tenían casi la misma edad cronológica, pero como ella debió reciclarse cuando apenas tenía treinta y cinco, su *Clon-dos* aparentaba ahora cuarenta y cinco. Estaba entrando en el delicado período de la menopausia y aunque la plástica puede lograr maravillas, tampoco rejuvenece por arte de magia. Esta diferencia de quince años que ambos representan actualmente era bien tolerada, obvio, porque él se veía mayor, pero cuando las cosas se invirtieran serían difíciles de manejar.

—Anoche estuvieron pasando una tanda interminable sobre la Clonación y la transferencia de memoria —se quejó con Gina.

Ella no sonrió, llevaba una especie de buzo ceñido con cierres en los costados desde las axilas a los tobillos. Uno se imaginaba, quisiera o no, que de abrirlos, el sugestivo modelito se separaría en dos y ella saldría musitando: "¡Hola, soy la hamburguesa del emparedado, cariño!". Pero Gina no andaba hoy en la onda provocativa y partieron a desayunar. Algo ocurría con el *chip* de Daniel, pues la máquina dispensadora se negó a realizar operaciones con él.

—¿Estuviste consumiendo alguna droga? —lo interrogó Gina.

—No recuerdo, me parece que no —titubeó él.

Gina le tomó el pulso. Con más de cien pulsaciones o trazas de algún psicotrópico reciente, el sensor bloquea el *chip*. Esto evita que se pueda conducir vehículos en esas condiciones o que delincuentes lo obliguen a realizar transacciones bajo amenaza. El sensor capta el temor y la taquicardia impidiendo su uso momentáneo. Daniel insistió con la máquina y por fin ésta accedió a darle la contraseña para el desayuno.

—Es que esos cierres me ponen nervioso —bromeó Daniel.

Gina, estaba en su día serio y ni siquiera sonrió.

—Quiero pasar la sesión de hoy en *Io-Dos* o en Eurón —confesó intempestivamente Daniel.

—No sé, debemos ver el Seleccionador, creo que hay mil y tantas posibilidades de elección, pero dudo que existan esos lugares virtuales y, ¿por qué, Dany, has estado alguna vez allá?

—Sí, anoche —dijo Daniel, queriendo parecer misterioso.

Lo más parecido que encontraron fue la base espacial Leopoldina que gira en torno de Marte y, desde luego, las antiguas bases lunares.

Eligió la Luna y, con un par de clics a los controles en la estancia vacía, se *corporalizó* la base lunar. Allí lo dejó Gina, a oscuras caminando sobre una superficie dura y porosa, de la cual al caminar se levantaba un leve polvillo. Sobre el piso divisó la *cajita-levitadora*, apenas fosforescente, no mayor que una de cerillas. Se paró sobre ella, como lo había visto hacer, con las piernas ligeramente abiertas para no perder el equilibrio y suavemente se elevó unos cincuenta centímetros sobre el suelo sostenido por el colchón magnético que la levitadora genera. Manteniéndose así, flotando, se puede sentar o recostar en la posición que se desee, sin sentir jamás una presión que lo canse. Cerró los ojos con las manos bajo la cabeza, pero de un punto por allá en el horizonte una luminosidad lo hizo parpadear; la Tierra como una enorme bola refulgente hacía su aparición. Casi simultáneamente unos golpes de timbal lo sobresaltaron, seguido de un largo solo de *Sintofón*, que tiene ese sonido tan peculiar casi como el de una *mezzosoprano*, después las cuerdas hicieron variaciones. Lo reconoció, era el N° 1 de Andrea Buzottini, por lo demás llamado Concierto Lunar. Buzottini, es para algunos el mayor músico del siglo XXI, pero eso es cuestión de gustos.

—¡Hola! Soy Fernanda —una voz a sus espaldas lo hizo girar en el aire —voy a tomar el lugar de Florencia, motivos privados, ¿comprendes?

Su nueva *psicoguía* andaba por los sesenta o quizás más. De voz suave y modales delicados. Explicó que Florencia la había puesto al tanto de sus conversaciones previas. Pero sabía tantos detalles, que uno debería preguntarse seriamente si era verdad que nada quedaba grabado.

—Y de tu adolescencia, después de Muriel, ¿qué ha pasado?

Daniel no tenía bien claro si le había mencionado esos aspectos a Florencia.

—Estaba en los informes que ella me entregó —se defendió Fernanda.

—Está bien, así será, no es lo esencial. Fueron mis años de formación. Con mis padres viajé mucho, hay pocos lugares que no visitamos en esos años, sentimentalmente no recuerdo nada notable. En esa época, y quizás ahora sea aún peor, nadie quería tener compromisos serios, después de todo, los rompimientos de parejas siempre dejan dolido a uno de los dos participantes.

—¿Por qué eso de ser historiador?  No es algo frecuente entre los jóvenes.

—No creas que yo mismo no me lo he preguntado, se me ocurre que fue una consecuencia del trabajo con mis padres, ellos siempre me estaban pidiendo información, que claro yo debía investigar, y así con el tiempo me volví sin darme cuenta el historiador del grupo.  Lo de las *histovivencias* tiene que ver con el impacto que me ocasionaron los hallazgos arqueológicos en contraposición a lo que se había señalado por siglos.

—Y de tu esposa o de tu hijo, ¿qué puedes contar?

Con Isabel fue un flechazo, por lo menos por mi parte.  Salimos un par de veces, pero después no nos vimos por varios años; cuando nos reencontramos ella venía saliendo de uno de sus divorcios, estaba muy deprimida, su ex la había dejado, y como mujer, lógicamente le costaba aceptarlo.  Nuestra relación no fue muy fácil, sobre todo por la posición económica de Isabel.  Textualmente dijo que me encontraba un *empelotado*, o sea tan desnudo como se llega al mundo. Yo nunca había reparado en ello, siempre había creído que no necesitaba nada más para vivir.  Es cierto que mi apartamento era pequeño, con escaso mobiliario, quizás de no mucho gusto y sin ningún estilo definido, pero era todo lo que yo creía que valía la pena poseer. Tengo muy poco de coleccionista, eso de guardar cosas por si alguna vez las puedes usar.  Hay gente que compra series de grabaciones, *imaginarismos* o música, y jamás piensa que se necesita tiempo para disfrutarlos y se contenta con tenerlos muy ordenaditos sobre algún anaquel, quizás por eso yo no compro nada.  Un día pensaba que debe ser muy grato al morir, saber que uno no se arrepiente de ninguna cosa y que no necesitó nada más de lo que tuvo, y así fue feliz. Quizás lo único que me faltó fue el tiempo.

—Bueno, piensa que el reciclaje es un regalo de cuarenta años, ni más ni menos.

—Sí, lógico, pero me refiero al tiempo en el cada día, lo otro en cierta forma es como coleccionar cuarenta años, ponerlos en un anaquel y después pensar en qué se pueden emplear.

—¿Y tú en qué los vas a usar, algo tendrás pensado?

—No me vas a creer, pero no lo sé, supongo que seguiré haciendo lo mismo. Muchas veces me planteé, aunque todos solemos decir esas cosas sin mucho convencimiento, que no me importaría morir después de finiquitar algunas cosas, como las *histovivencias*, pero recién voy en la *Adolescencia*, vale decir el siglo XX, por lo menos me gustaría terminar el *Siglo Verde*, aunque tal vez mi hijo lo haga. Lo otro es poder gozar a mi hijo Javier unos años más, pero ya tiene diecinueve y desde hace un buen rato que hace su vida independiente. ¿Qué me quedaría? Parecería lógico, disfrutar de un cuerpo que responda a todos los sueños, incluso los más atrevidos, pero personalmente no se me ocurre qué puede ser tan atrevido, supongo que el volver a ser seductor debe ser un buen cebo.

—Me intriga un poco, ¿por qué elegiste este lugar para la sesión de hoy? No es de los más apetecidos, es la primera vez que yo lo visito.

—No sé, desperté esta mañana con la sensación de haber estado en Eurón, es una vieja historia. Yo nunca he ido más allá de la Luna, tiene que ver con la Muriel que tú misma mencionaste al comienzo.

— ¿Y no quieres hablar de eso?

—No, no es que me desagrade, pero eso lo tengo en el archivo de las cosas inútiles, de aquellas que uno es incapaz de desarraigarse, pero sabe que de nada sirve.

— ¿Como los recuerdos amargos?

—Algo así, supongo, pero no te creas, para mí tiene más bien un sabor dulce, como ciertos dolorcillos que uno mismo se provoca repetitivamente, que aunque originan desazón también conllevan un cierto placer.

— Bien masoquista lo encuentro.

—Ella obtuvo el Premio Nobel hace como diez años, por sus trabajos en relación a la gestación de la vida a partir de partículas subatómicas. Cuando nos conocimos trató de explicármelo y no le logré entender casi nada. Después de lo del Premio me interesó y leí bastante al respecto, pero debo confesar que ahora lo entiendo menos. Se me ha ocurrido que Muriel era demasiado inteligente para haber mantenido una relación permanente con ella, aunque tal vez esa fue la excusa que me di entonces como consuelo.

—Me queda claro que ella y sus recuerdos contradictorios continuarán en tu memoria después del reciclaje.

Después hablaron de cosas diversas, pero a las cuatro horas exactas de la entrevista Fernanda carraspeó, miró distraídamente el reloj y se retiró, mientras él seguía flotando en su cómoda capa aérea.

Mucho más tarde se puso de pie y empezó a recorrer la superficie lunar con su escaso polvillo suelto. La tenue atmósfera era iluminada por la Tierra que mostraba sólo un cuarto de su esfera encendida. Hacía muchos años había estado en la Base Amstrong, que era la más antigua y grande, probablemente no debe haber cambiado en nada. Era curiosa la vida en las bases, se trabajaba todo el día, los hombres parecían hormigas, todos se sentían jefes muy importantes, como si estuviesen construyendo el próximo destino de la humanidad. Pero uno se pregunta y ¿qué pasaría si ese trabajo no se hace?

Claudia Ochoa, esa venezolana que tiene un monumento en el Parque Forestal de Santiago, fue una gran luchadora por la abolición de los ejércitos a nivel mundial, solía iniciar sus discursos con esa pregunta, ¿qué pasa si nadie se prepara para la guerra? Si no hay militares no hay más guerra, respondía. Al comienzo esta postura dejaba perplejo, pero después de mucho machacarla todos sabían la respuesta y comenzaron a hacerla suya.

«La gente tiene tendencia a creer que todo lo que está escrito es cierto y alguien debe haber escrito por ahí que las guerras son inevitables».

Otra vez los viejos comentarios de Angelo, sin que nadie se los pidiera, intervenían en sus recuerdos para apoyar la posición de la pionera feminista:

«Estamos convencidos de que lo que hemos hecho por años tiene que ser necesariamente lo único posible, si alguien llega siquiera a dudarlo es tildado de demente. Todos los innovadores fueron mirados así en su tiempo, claro que no todos fueron asesinados como la Ochoa. Los esbirros no calcularon que su crimen sería el último "homicidio legal". Al *NO MATARÁS* bíblico se le agregó desde entonces un JAMÁS, con una gran mayúscula» —acotaba el Angelo que se apoyaba en la Biblia cuando le convenía, y sólo cuando le convenía, ya que para comecuras pocos le hacían el peso. Sin embargo, parece que hubo otros elementos causantes del eclipse de los ejércitos. La tecnología fue gravitante, lo primero fueron pequeños aviones a control remoto capaces de bombardear con absoluta precisión lo que se le encomendaba, los pilotos de guerra serían los primeros cesantes. Después fueron los tanques, y diminutas naves submarinas cargadas de explosivos gobernadas a kilómetros de distancia. Y para guinda de la torta, adolescentes demostrando su enorme superioridad en el manejo de los controles remotos dejaron obsoletos a los viejos coroneles y generales, sólo ellos eran capaces de llevar al campo enemigo a miles de "soldados" tan pequeños que no se les detectaba con ningún radar, pero cuyo poder destructivo era infinitamente superior a los soldados humanos. Las guerras de la antigüedad pretendían asegurar un botín o un territorio, necesitaban por ende un ejército de ocupación (y mucha paciencia y sabiduría para la retirada). Cuando ese propósito dejó de existir, pues no era aceptable por la moral universal, los ejércitos con tropas humanas dejaron de existir, por innecesarios.

Los Verdes siempre se atribuyeron este logro, las Feministas por su parte lo reclaman como suyo.

Andreus, el gran analista contemporáneo de la historia, cree sencillamente que fue una evolución natural. La brutalidad animal de la prehistoria fue a través de las civilizaciones encontrando poco a poco sus pequeños reparos. "Aunque usted no lo crea se inventaron reglas para la guerra: primero, que puedes matar, pero no cómo se te ocurra; segundo, a las mujeres, a los civiles, a los niños no, bueno, que no quedaba a quien matar", señala Andreus, que siempre les ve el lado irónico a las cosas.

Lo que cuesta imaginar, refunfuñaba Angelo, y en ello tenía razón, eran los sentimientos que tenían nuestros antepasados respecto de la guerra y de quienes las hacían; cuando hoy por hoy resulta incomprensible matar un animal, a nadie le cabe en la cabeza que una madre estuviera feliz de que su hijo adolescente estudiara en una escuela militar y se adiestrara para matar como un profesional o que algún sacerdote le bendijese las herramientas para su macabro fin, pero que además predicaran que la vida humana es sagrada. El sacralizar la vida, sus iglesias, a alguno de sus seguidores o ritos siempre fue una tremenda herramienta para manejar el poder, lo sagrado infunde temor.

Hay una anécdota convertida en un mito: una mujer hacía un *picnic* en un prado aledaño a un bosque, de pronto ve salir de entre los árboles un grupo de hombres camuflados, con sus rostros teñidos de negro, cargando pesadas armas de fuego. Como hacía muchos años que el matar animales estaba prohibido, les pregunta —¿Qué van a cazar? El que parecía ser el jefe respondió —¿Cazar, cómo se le ocurre. o cree que somos criminales? obvio que no dispararemos a ningún animal. Somos soldados profesionales y nuestra misión es defender a la patria. Con una de éstas —le dijo orgulloso enseñándole su arma —podemos hacer trizas a un enemigo a mil metros.

Costó que los hombres aprendieran a no ver a los humanos como sus enemigos (a ésos que se pueden hacer trizas a tres mil metros).

Pero, como dice Andreus, de qué se extrañan si hace apenas tres siglos los hombres se vendían como esclavos y ello era perfectamente aceptado por todas esas venerables instituciones, que aún hoy pretenden ser las rectoras de la moral, opinando por ejemplo sobre la manipulación genética, que obviamente procura erradicar enfermedades, olvidándose que en sus cortes se castraba a los menores para que conservaran una voz angelical. Caraduras, ¿no?

—¿Oye, piensas quedarte a vivir en la Luna? —la Gina lo tiraba de un brazo, sacándolo de sus cavilaciones.

—Me estaba recordando de un amigo que siempre andaba maldiciendo en contra de las religiones, en otras épocas lo habrían quemado. ¿Has escuchado que lo hacían?

—Me gustaría conversar en serio contigo —la Gina tenía una cara tan circunspecta que daba susto.

—¿Aquí mismo o afuera?

—Mejor aquí —insistió, demostrando urgencia. Se sentó en la cama aérea y para sorpresa de Daniel empezó a deslizarse sobre el suelo.

—¡Ey! Espérame, ¿cómo se mueve esto?

—¡Por Dios!, Dany, justo ahí está el problema, es que eres tan, no sé como decirlo, poco desarrollado, vives como en el siglo pasado —hizo un movimiento sobre la cajita levitadora y ambos flotando suavemente se dirigieron al horizonte —te debo hacer una confidencia, ayer me llamaron de las oficinas centrales, desconfían de ti. El informe de Florencia no fue muy benigno que digamos.

—Espera, espera, no entiendo nada, ¿de qué tienen que desconfiar?

—¿Cómo que no entiendes? Piensan que eres un bastardo desertor, así se conoce aquí a los que rehúsan el reciclaje.

—¿Y de dónde sacaron esas cosas? Nunca se me ha ocurrido siquiera.

—Pero es que tienen tus antecedentes, tus viejas amistades, ese anticuado amor tuyo por una anciana. Sabemos más de ti que tú mismo.

Daniel permaneció en silencio, Gina lo tomó de la mano.

—Sabes Dany, lo peor es que empezabas a gustarme.

—Pero, ¿qué tanto va a importarles que un pobre diablo no se recicle, cuando según el *ONPU* casi el cien por ciento lo hace?

—Es propaganda, las cifras son manipuladas, no es cierto, en occidente el número es ese, pero en el Islam y entre lo budistas que siguen esperando sus reencarnaciones y hasta en la China hay todavía muchísimos reacios.

—Bastardos desertores, querrás decir.

—No, Dany, ves que no entiendes, ellos sencillamente no quieren reciclarse, los desertores son los que nos hacen incurrir en el gasto que significa preparar su clon y su estadía aquí, para que después se arrepientan.

—Bueno, en todo caso quédate tranquila, no está en mis planes.

Gina lo besó —¿cuántas veces te has casado?

—Una, sólo con Isabel.

—¡Una sola vez! ¡Ay, Dany! ¿Cómo no te das cuenta de que eres un caso perdido?

# Capítulo Seis

S onó el timbre y el pesado badajo de una campana interior le dio una sacudida dentro del pecho. Abrió la puerta urgido, Isabel con una mano en la cintura le sonreía en el dintel. Con una falda bastante corta y unos tacones que, calculó, hacían que lo sobrepasara en altura.

Casi ocho años sin noticias de ella y ¡zás! que se la topa haciendo compras, cuando él para hacer compras debe ser el más reacio del universo. Un par de cafés, un helado y esa mirada suya, que sin dudas no había olvidado y que le despierta otra vez esa sublime sensación de estar enamorado.

—Los panqueques *Jacques* de manzana son mi especialidad —se apresuró a aclarar Daniel —entre paréntesis, no son rellenos de manzana, sino la tienen incorporada al batido, ¿entiendes?

Isabel parecía estudiarlo con la mirada, mientras ahora le explicaba la preparación de los susodichos manjares, que desde luego ella debería probar y lo mejor sería que lo visitara en su apartamento mañana, o pasado mañana, pero que fuera pronto, por favor, muy pronto.

Y por eso ella estaba allí ahora, en la puerta, tremendamente hermosa, y él con el delantal atado a la cintura, para demostrar que era un buen anfitrión. Conversaron poco, Daniel gritaba desde la cocinilla quemándose con el caramelo, mientras Isabel colocaba música adecuada. Y fue tan adecuada que terminaron antes de que cantara un gallo en la cama y preguntándose por qué diablos habían estado tanto tiempo separados.

Isabel debió superar la congoja propia de un segundo divorcio, de modo que recién a los seis meses habían decidido casarse. Durante años recordaron con buen humor como quebraron la cama en su noche de bodas.

Isabel, por motivos de trabajo, debía dejarlo a veces por semanas, sobre todo cuando viajaba a otros planetas, pero los reencuentros valían la pena. ¡Sí señor! Y sin darse cuenta, sin rutina, pero sin mayores sobresaltos compartieron felices esos años juntos, y fueron los mejores, los más fructíferos. Las *histovivencias*, una serie de relatos didácticos en imágenes de la historia universal, que dormitaban en su mente un largo proceso de hibernación rompieron por fin el cascarón.

El primer capítulo en aparecer fue el de una familia de simios que aprende a dar sus primeros pasos en la posición bípeda frente a las costas de Madagascar. De alguna manera, como suele suceder con todos los autores, los protagonistas inconscientemente fueron simplemente él e Isabel trasplantados a la prehistoria, gruñendo entre las rocas, dejando sin intención sus huellas en la arcilla presta a petrificarse. Más tarde, en el mismo capítulo, una parvada de sus descendientes llegarían a ser capaces no sólo de andar erguidos sobre sus patas, sino que de correr libremente por las praderas africanas, como quizás lo harían alguna vez sus propios hijos, aunque fuera en el jardín, pero con Isabel no habían planificado aún la reproducción de la especie. El macho, que no quiso bautizar para que la historia no se prestara a burlas, además de proveer el sustento, era el guardián de la comunidad. Su mayor fuerza y, sin duda su inteligencia, le permitía tener varias hembras bajo su amparo. Una, la más antigua, ¡No! porque a Isabel no le gustaría ser la más vieja, pero sí la preferida, era más alta que el resto de las féminas y obviamente la madre del mono que debería continuar las aventuras en los capítulos siguientes.

Pero todo este cuento era una historia secreta, a Isabel que llegaba agotada a casa, sólo con deseos de disolver alguna *tableta ensoñadora* bajo la lengua para relajarse, para nada le importaba parecerse a la macaca más hermosa de la manada; ni qué decir, de que él fuera el macho proveedor, cuando Isabel lo triplicaba en el sueldo y lo hacía notar con alguna frecuencia. Pero en ella pensaba cuando a ese rostro de pómulos prominentes y cejas superpobladas, le diseñó una mirada dulce; y también cuando en medio de los chillidos de la bocaza se plasmaba una suerte de beso al restregarse con los labios carnosos de la mica; y sentía que a ella abrazaba cuando ambos monos copularon de frente por primera vez; mientras el resto de las hembras seguían elevando las callosidades al viento en espera de conseguir atraerlo.

No tuvo sin embargo el mismo éxito con su hembra contemporánea. La primera vez que Isabel vio su nuevo trabajo apenas si hizo un breve comentario al pasar y Daniel se quedó con las ganas de contarle los detalles amorosos de su gestación.

Las cosas cambiaron cuando logró excelente crítica y una muy buena oferta de compra, entonces sí se acercó y empezó a estimularlo para que continuara.

—Es un trabajo de años —reclamó él.

—¿Y qué? Si apenas tienes treinta y tres.

Dos años más tarde, un 7 de abril, nunca se le iba a olvidar, era de noche y se había acostado sin comer. Había estado jugando con el bosquejo de Lidia y Mario que serían las estrellas de la próxima *histovivencia* correspondiente al capítulo de la época romana. Mario era un campesino con antepasados etruscos, Lidia, la sirviente de una familia patricia. Ambos muy pobres, la vida tremendamente dura y para colmo sus propias existencias dependiendo del humor de sus amos. Por un momento, mientras a Lidia le acomodaba sus vestidos y le diseñaba los cabellos tomados en la nuca, le adaptó el rostro de Isabel, que guardaba en un archivo, pero lo cambió; su mujer no cuadraba con un personaje como Lidia que en la práctica era una esclava. Mario, sin embargo, podía acomodarse a su manera de ser, o más bien, él a la manera de ser del muchacho. Cerró los ojos y apoyó la cabeza en la almohada, tenía sueño; Isabel no estaba en casa por esos días. Daniel había estado buscando información de los tiempos de la fundación de Roma. Los etruscos tenían para él una singular seducción, en especial lo referente a sus ritos religiosos. Con sus padres años atrás había participado en la clasificación de unos hallazgos olvidados por un largo tiempo en un museo.

En las primeras escenas Lidia invoca a sus dioses con un optimismo que no encaja con su condición paupérrima. En occidente se ha enseñado a mirar con desprecio otras religiones, en especial las llamadas paganas, aunque los ritos difieren tan poco, es el mismo pensamiento mágico; una suerte de larga letanía de frases convencionales repetidas hasta el convencimiento de haber sido escuchadas. Pero Lidia agradecía por tener un techo donde cobijarse y la enorme suerte de compartir las sobras con otros empleados, quizás eso era suficiente para su época. Lo que también contrasta con la queja tan habitual de los hombres, de que todo tiempo pasado fue mejor; de que el individualismo ha hecho perder los cacareados principios morales a la sociedad. Parece que nadie recuerda el tráfico de esclavos, el trabajo doméstico, la explotación de los más pobres y hasta de los niños. Esos sagrados principios morales fueron defendidos con las armas por los hombres y las damas acomodadas durante siglos, siempre apoyados por sus respectivos sacerdotes. Daniel estaba convencido que en este disparate un tanto de culpa les correspondía a los historiadores; mostrando desde siempre sólo el buen pasar de los acomodados con sus ricos vestidos recamados de oro y encaje, mientras en los templos se les repetía a los pobres que no se preocuparan que en el cielo todo sería diferente. Siempre se estimó como una pérdida de algún principio moral el que los desposeídos pudieran tener sueños.

Más tarde estaba dormido, y en una alucinante pesadilla Mario era perseguido por unos soldados, lógicamente de alcanzarlo lo matarían con todo el salvajismo imperante en esos tiempos. El muchacho se esconde entonces tras unas piedras y ahí se encuentran los dos, entonces él lo toma de los hombros y lo interroga (quizás por qué, pero así son los sueños):

—¿Entre la libertad y la igualdad?

—La libertad —le contesta Mario a gritos, antes de emprender la carrera —con la libertad se sobrevive, con la igualdad se come y para eso se necesita estar vivo.

—¿Y Lidia? —le iba a preguntar —¿Qué pasó con ella? —pero justo la vio arrodillada, implorando para que su hombre no muriera, rogándole a uno de esos dioses que suelen tener oídos sordos, lloraba y lloraba.

Iba a acercarse a ella, pero en ese momento el pulsor en la muñeca envió sus descargas, primero suaves y después en ráfagas hasta lograr despertarlo y de un salto traerlo a la realidad.

Isabel había tenido un accidente.

Aunque no le dieron muchos detalles, el rostro en el *visor* y en especial el tono de voz del informante lo hizo comprender que estaba grave.

Fueron dos horas que no quisiera volver a vivir, correr al aeropuerto más cercano, comunicándose con el hospital de la Habana, mientras se estudiaba la posibilidad de un traslado a un centro más especializado. Le hablaron de una clonación urgente, lo cual significa un destrozo tal de su cuerpo que en la práctica era irrecuperable.

Aterrizó en la isla y partió volando al hospital. No lo dejaron verla, se mantenía viva gracias a aparatos mecánicos. Su acompañante, Helmut, a quien le había escuchado mencionar como un compañero de trabajo, había salvado ileso, su vehículo completamente destruido.

Recién a la semana de permanecer inconsciente su clon estuvo preparado, pero la transferencia de memoria en esas condiciones era imposible.

Helmut muy compungido le relató que sus relaciones sólo llevaban tres meses. Para Daniel, en esos momentos, aquello carecía de importancia, por algún motivo recordó a Lidia pidiéndole a los dioses que no se llevasen a su ser querido e igual que ella, lloró.

Pasó mucho tiempo en la Habana, recorriendo el casco viejo de la ciudad que había sido salvado de las construcciones turísticas. De poco consuelo le sirvió que las cubanas fueran las mujeres más hermosas del planeta o las playas de aguas transparentes tan apropiadas para enamorar. Isabel siempre fue exigente en sus gustos y en eso quizás no la supo complacer; siempre tan *empelotado*, casi como Dios lo echó al mundo. Helmut había regresado a su país, eso fue un alivio, era engorroso que ambos requirieran información de su estado.

Cuarenta y dos días más tarde Isabel abrió los ojos una mañana y su clon que la esperaba inmaculado, en menos de cinco minutos recibió sus vivencias. Se le había consultado por algún cambio cosmético y recordando que ella abominaba de su doble barbilla la había hecho retocar, tan solo eso, tampoco quería cambiarla por otra.

Se había preparado para un reencuentro difícil, pero no fue así. Ella, como si viniera saliendo del salón de belleza, apareció al fondo un largo pasillo, mientras él no se decidía a dar el primer tranco. Llevaba una falda corta, amplia y levantada que le dejaban ver sus extremidades perfectas sobre unos tacos finísimos verde esmeralda. Isabel simuló una mueca, como si no lo reconociera, pero sin poder más estalló en carcajadas, "¡es maravilloso, maravilloso!" Entonces Daniel corrió hacia ella y la besó sin poder contener más la angustia.

Se quedaron dos semanas en una pequeña isla desconocida del Caribe.

—Te tengo un regalo —le había dicho Isabel con esa mirada dulce que no era capaz de resistir —ven, tómame, otra vez soy virgen—. Era lógico, pero nunca se le había ocurrido.

Esa noche hicieron el amor hasta el amanecer.

Con sus abandonados personajes históricos, Mario y Lidia, sólo se reencontró al regreso a casa. Habían logrado huir y vivían escondidos entre las montañas al norte de Roma, en ese lapso se habían llenado de chiquillos, aunque ella escasamente sobrepasaba los veinte, igual que su Isabel recién clonada, aunque jamás tan hermosa.

—Es la manera de perpetuarse —le explicó Mario, si nacen diez apenas sobreviven dos.

—¿Entre la libertad y la igualdad? —le preguntó.

Esta vez Mario lo pensó un momento —El amor —respondió, ruborizándose.

—Tengo treinta y nueve años, me parece que es una buena edad para tener un hijo, ¿no te parece? —lo interrumpió Isabel, una vez más sorprendiéndolo. Un hijo nunca había estado en los planes de ninguno de los dos antes de su reciclaje.

—¿Entre la libertad y la igualdad? —le respondió, sin desenchufarse de la historia de Lidia.

—El perdón —susurró ella, y en sus ojos brillaba una emoción que pronto se le hizo incontenible.

Para tener un hijo era indispensable avisar al *Sistema*. A través de una orden que involucraba el hipotálamo, la hipófisis y las gónadas, de manera que durante un período reducido se le devuelva la movilidad a los espermatozoides. La pareja concurre a una oficina y se llena la solicitud. Se exige dieciocho años mínimo, no es indispensable el matrimonio. El hombre entrega muestras para chequeo de ADN. Si se pesquisara que durante este período de más o menos cuarenta y ocho horas de fertilidad embarazara naturalmente a otra mujer no será responsabilidad del Estado, sino del varón. La dama afectada deberá en este caso ser indemnizada por el hechor. Sin embargo, era un evento tan fortuito, casi anecdótico, al cual no se le daba importancia.

Bueno, tras toda esa pequeña burocracia biológica, al fin llegó el hijo, fue un varón y lo llamaron Javier. Con el paso de los años a medida que el chico crecía y los distintos capítulos de las *histovivencias* avanzaban por los siglos, igual como lo hiciera con Isabel, también fue utilizado por Daniel como el protagonista en los diferentes capítulos. A diferencia de su madre, Javier desde un comienzo al tanto del asunto, cooperaba, gozando plenamente de las recreaciones históricas.

Cuando Javier cumplió los 19 las *histovivencias* habían llegado al siglo XX, y Javier, que para la reconstrucción de esos eventos se identificaba con un joven judío llamado David, debió soportar todo el horror de los campos de concentración nazi. Sufrieron juntos el impacto de desentrañar episodios tan oscuros en la bitácora de la humanidad. Su hijo con frecuencia le daba buenas ideas para poder investigar los sangrientos acontecimientos del siglo.

—¿Y por qué se le llamó *Adolescencia*?

—Eso fue muy posterior, parece que fue el gran filósofo Martínez, quien bautizó así a esa época. Yo creo que se debió al análisis de los distintos caminos que quiso seguir la sociedad en esos momentos, sin tener claro qué deseaba; cambiando su rumbo de la izquierda a la derecha en pocos años. Incluso dirigentes de movimientos ultranacionalistas lo habían sido del otro extremo. El siglo se comportó como un muchacho cerril que sin ayuda buscaba su destino, recién liberado del paternalismo de las monarquías y la opresión colonialista.

Por algún motivo que desconozco eran poco optimistas del futuro, sólo sabían pronosticar hecatombes, el planeta destruido por explosiones nucleares, la tecnología aniquilando a sus constructores, dictadores de pacotilla, malvados como en los cuentos infantiles manejando el sistema solar. Con el temor a la libertad del niño a quien por primera vez le abren las puertas y lo invitan a ser adulto, de modo que sus acciones fueron la mezcla de la irracionalidad del menor y la fuerza del que aún no la han aprendido a medir.

Por esos días Daniel cumplió sus cincuenta y nueve años. Lo celebraron en una reserva animal en el Kalahari, donde sus padres trabajaban en unos fósiles.

Antaño la región fue un desierto, actualmente sin ser aún una selva tropical, se ha logrado su reforestación. Antaño aquí vivían los pigmeos, hoy sólo viejas imágenes nos recuerdan su existencia. Los pequeños hombrecitos en pocos años usaron la tecnología para cambiar el color de su tez y aumentar su estatura.

¿Quizás en eso pensaban en la *Adolescencia* cuando temían que la tecnología podía destruir la humanidad? O por lo menos a una parte de ella. Siempre se recuerda, y siempre causa risa, la alocución de un rubio dirigente belga que en un foro internacional del *ONPU*, reclamaba pidiendo que se prohibiera el *Cleaning*, como peyorativamente se llama al procedimiento de cambio de coloración. La delegación congoleña le respondió a nombre de todo el continente —si usted fuera negro, y discriminado desde siempre, ¿lo seguiría siendo? El hombre dijo que la pregunta no correspondía, porque él y su familia desde siempre habían sido blancos.

Después de apagar las velas y del tradicional "Cumpleaños Feliz" la conversación giró alrededor de los animales salvajes dispersos por el parque, hasta que Macarena, su madre, tocó el tema que todos sabían que llegado el momento se pondría en cartelera —Oye Daniel, este año te toca la clonación. ¿Qué tienes pensado? Se refería a los cambios cosméticos que se pueden encargar para hermosear el *Clon-dos*. Se miraron con Isabel, por algún motivo lo habían convertido en un asunto tabú.

—Mi amorcito me quiere sin calva ni panza —bromeó Daniel, pero Isabel sin responder se levantó dejándolos solos.

Esa noche a solas, Isabel le hizo un listado: —Me gustaría que fueras un poquito más alto; de la cara, los ojos no te los tocaría porque me encantan; la nariz, no, puedes dejarla igual; los labios más gruesos, más sensuales; la papada, esa te la sacas igual que el pelón de la nuca; los dientes más parejos. ¡Oye! No te estoy dejando nada bueno. Para abajo, más musculoso; yo creo que también un poco más velludo en el pecho y aquí abajo, ¿me entiendes? un aparato de este porte —se largó a reír mientras hacía un gesto con las manos.

Pocos meses después, sin bromas, no tuvo más que inscribirse para el reciclaje, así y todo, no conversaban de ello. Sólo días antes el asunto salió a colación, desatando el enojo de Isabel, cuando él manifestó que viajaría a Paraguay en su propio vehículo. Ella usó todos los argumentos lógicos: que debía cruzar la cordillera; que su carro estaba viejo, que era un vehículo monoplaza adecuado para las áreas urbanas; que él dirigía malísimo; que después del reciclaje se necesita un tiempo para aprender a coordinar; pero con nada pudo convencerlo.

Lo dejaron en el aeropuerto, Isabel lo besó, pero siempre protestando, Javier le dio un abrazo. Lo vieron elevarse en el cielo y entonces al atrapar el *carrier*, aparecer en las pantallas como una señal roja y centelleante, en un par de segundos se perdió de vista. Javier abrazó a su madre con un repentino ataque de llanto.

# Capítulo Siete

O tra vez lo llamaron por el carro, las baterías estaban sin carga.

—Son nuevas, las cambié hace poco —se defendió con Gina, igual como a menudo debía hacerlo con Isabel.

Volvió a realizar las conexiones a la fuente de poder. Todavía tenía varios días de plazo, no había motivos para preocuparse.

Por más de treinta minutos revisaron las opciones virtuales para la cuarta sesión, ya cansado y casi al azar escogió un apartado lugar en el Tíbet. Gina se encogió de hombros: —¿Qué quieres que te diga? Lo encuentro bien extraño.

De todos los lugares que había visitado con sus padres nunca había estado en el Tíbet, que según él creía se parecía al altiplano boliviano; los hombres con la piel morena curtida por el sol y hasta sus atavíos tendrían alguna extraña similitud, unos cargando sus llamas y los otros sus yaks. Fernanda aún no se aparecía, por lo cual trepó por una pequeña ladera pedregosa. Un hombre de túnica naranja transitaba por un sendero, se apoyaba en una vara de madera, su edad difícil de calcular.

—¿Qué buscas entre nosotros? —lo interpeló el hombre, con una cara sonriente como si adivinara la respuesta.

Daniel se sintió absolutamente imbécil. ¿Quién lo había mandado a escoger semejante lugar? Se limitó a sonreír.

—Ven, sentémonos a la orilla del camino y conversemos. La mitad de las tribulaciones del hombre se resuelven a la vera del camino, es un viejo proverbio oriental. ¿Cuáles son las tuyas?

—No tengo, o si tengo son nimiedades, debo anular o bloquear, no sé cuál es el mejor término, recuerdos y vivencias que me causen conflictos en el futuro. Hemos estado revisando mi vida y no encuentro qué desechar, tampoco sé si es importante o indispensable. Yo tengo un amigo que dice que sencillamente ellos te lo borran, después tu clon lo ignora y no tienes a quien reclamarle, porque ni lo recuerdas.

El hombre se largó a reír. —No has practicado nunca la meditación, ya lo veo, nuestra técnica permite conocerse a sí mismo y despejar sin más la dudas que me planteas. Sin jactancias creo que el propósito del reciclaje lo habíamos logrado nosotros desde hace milenios. La idea de llegar a un estado superior de la conciencia y la sapiencia a través de prácticas como la bondad y la tolerancia nos otorga la oportunidad de liberarnos de nuestros cuerpos y de continuar las reencarnaciones para terminar así nuestro paso por este mundo. El reciclaje nos da cuarenta años de vida extra para lograrlo.

Daniel no estaba preparado para sostener una conversación sobre tópicos que no dominaba en absoluto. Sólo se le ocurrió preguntar: −¿Qué han hecho ustedes por el hombre?

−¡Uf, qué pregunta! Creo que me tomaría mucho tiempo responderte. Ustedes los occidentales, e incluyo al Islam por los contactos permanentes que han tenido por siglos, sólo han conocido religiones proselitistas; desde siempre intentando convencer por las buenas o por la espada que su dios es el único, ¿y si lo fuera, qué, es necesario matar, quemar vivo al resto de la humanidad? Crees que no hemos hecho nada por el hombre porque no hemos salido a predicar con las armas, porque hemos sido transigentes, porque no obligamos a nadie a seguir nuestras enseñanzas.

−No lo tome como algo personal, es como si hubiese estado pensado en voz alta, lo que ocurre es que estoy convencido de que todos los logros que ha alcanzado el hombre, como la libertad, la igualdad o el desarrollo de la ciencia incluyendo el reciclaje, han sido posibles a pesar de la oposición de los representantes de los dioses en la Tierra.

—Me parece que estás confundido —alcanzó a balbucear antes de quedar estático y mudo.

Fernanda a sus espaldas lo invitó a reanudar la sesión.

—¿Qué platicabas con el monje?

—Quería decirle, pero no alcancé, aunque tampoco tiene importancia que se lo diga a un *holobiograma* por muy sacerdote que parezca... a ver, perdona, perdí el hilo, espera. La idea es que creo que, si no fuera por las prohibiciones de todo tipo que impuso la religión por siglos, con los conocimientos técnicos y científicos que ya poseían los griegos el hombre occidental habría llegado a la Luna mil años antes.

—¿Y eso es muy importante para ti?

Daniel tuvo que admitir que el asunto no lo desvelaba. —Florencia me advirtió que este proceso requiere de la ayuda de un especialista, creo que la estoy entendiendo; también le comentaba al monje que estoy bastante confundido, quizás conversar con alguien que esté en mi misma situación me sea de utilidad.

—Bueno, no está prohibido. En todo caso ese es mi trabajo y para eso estamos aquí; no creo que lo estés haciendo mal, es muy probable que en verdad no necesites borrar nada de tu pasado; después de todo nunca fuiste un criminal. Contéstame lo siguiente, tómate tu tiempo si lo deseas, ¿qué años de tu vida habrías preferido que fueran distintos?

—Quizás entre los doce y los quince, no que no existieran, pero diferentes, habría aprovechado mejor a mis padres. Con ellos aprendí a conocer el mundo de verdad, en el asilo vivíamos de las fantasías, o si quieres, mejor dicho, de las frustraciones; mi único deseo era ser adulto, quería ser piloto y viajar por el espacio, ahora me da miedo; cada vez que Isabel sale de viaje temo que le ocurra alguna desgracia. Nunca fui capaz de confesarles a mis padres mis verdaderas aspiraciones, me fueron metiendo en su quehacer, que por lo demás me encandilaba; para mí todo era novedoso, pero hasta el día de hoy soy excesivamente tímido. La timidez me hizo sufrir, la edad no me ha ayudado a superarla. Pienso por lo demás que la timidez conduce inevitablemente a la envidia, aunque uno se responda que no desea lo que poseen los demás, porque si uno lo hubiese querido también lo habría logrado, pero eso es un gran engaño.

—¡En verdad que eres tímido! Llegaste a enrojecer, pero no te alarmes, yo no soy tu confesor, tampoco tu psiquiatra. ¡Por favor! En todo caso creo que es algo que debieras definir mejor, no está en las posibilidades del reciclaje hacerte más osado, pero tal vez puedas aprender a manejarlo mejor, a saber decir que no. ¿Crees que sabes hacerlo?

—No entiendo qué tiene que ver.

—La timidez no es sólo no atreverse a hacer o decir algo. Es obvio que uno no puede hacer todo lo que le plazca, o todo lo que sueñe, pero requiere de una técnica el poder renunciar a los deseos en aras de una mejor relación con los demás; por eso es importante saber decir no, sin causar daño, especialmente cuando hay un enlace de cariño con el otro.

—¿Y qué pensarías que dijera que no a la clonación?

—Lo encontraría una estupidez. ¿Qué motivos a parte de la porfía podrías tener? Acaso porque tienes un amigo o más bien un examigo que lucha contra la clonación con argumentos infantiles y que no tiene nada que perder. ¿No has pensado que él ya no puede clonarse porque lo hizo en la infancia? Así es muy fácil, es como predicar la abstinencia sexual porque uno es castrado. ¿Te das cuenta de la frustración que hay en todo eso?

—Pero uno tiene el derecho a oponerse, sin necesidad de dar argumentos, sólo porque lo siente así, porque sencillamente tiene ganas. Desde hace años buscaba una buena definición de la libertad, hace poco acuñé una: la libertad no es poder hacer todo lo uno quiera, pues eso involucraría incluso el poder dañar a los demás. No, la libertad es tener el derecho a negarse a hacer que no se desea.

—Aquí nadie te niega ese derecho, es más, para someterte a la clonación debiste como todo el mundo inscribirte y esperar tu cupo. Nosotros no vamos a sacar a nadie de su casa.

—Bueno, no, pero la sociedad te obliga, es como ir a la escuela, nadie te pregunta si lo deseas, sencillamente tienes que ir.

—No, es distinto, porque la escuela es para los niños; la clonación está destinada a los adultos; yo más bien lo compararía con ir al médico, nadie te obliga, pero tampoco nadie se quiere morir; yo pienso sinceramente que nadie desea envejecer. Recién decías que a los catorce querías ser adulto, eso lo entiendo, pero el envejecer significa perder, no ganar habilidades.

—¿Y si uno no desea vivir más, si está cansado porque la vida lo ha tratado mal?

—Qué necedades, si alguien está hastiado de la vida sencillamente se suicida; nunca has pensado que cada día que estás vivo es porque no has encontrado motivos para poner fin a tu existencia. ¿Crees por ventura que es tu caso? Yo diría que eres un hombre feliz, supongo que tienes lo necesario para serlo; pero hay algo más importante, volver a los veinte años te da las posibilidades de realizar los sueños que no fuiste capaz de llevar a cabo. Eso me parece fácil de entender. ¿No?

—Sí, es comprensible, pero me parece que tus argumentos me confunden más, perdona, no es que sienta que lo haces mal y menos aún que no desee clonarme, es que estos días me han hecho pensar en tantas cosas mías que tenía olvidadas o que incluso desconocía.

—Creo que debemos ir más lentamente, si volvieras a nacer, o si otra vez tuvieras los doce años, ahora con menos timidez, ¿lucharías por ser un piloto, por recorrer el espacio, por viajar más lejos que ninguno o volverías a moldear tu vida a los deseos de los demás?

Daniel se largó a reír. —¿Se te olvida que tengo mujer y un hijo, te imaginas que podría dejar todo botado y andar por ahí dándomelas de *jenjan*?

—¡Ay, Daniel, parece que no tienes remedio! No quieres entender, lógico que no serías un adolescente, pero un cuerpo joven, un cerebro no atrofiado como el que ya tienes ahora, le provee al ser humano nuevas energías; es cosa de ver los logros increíbles de los reciclados; seres que en su etapa primaria no fueron capaces de nada exitoso, no tengo para qué atosigarte con ejemplos de más conocidos.

Permanecieron un largo rato en silencio, Daniel no encontraba un argumento para rebatirla, al fin dijo: —No lo tengo claro, pero es algo así: hay un período de la vida para aprender, para prepararse, a eso sigue el desarrollo de esas habilidades y después el disfrutar de lo logrado; creo que yo estaría en esa etapa, entonces el reciclaje me obliga a comenzar de nuevo.

—Perdona, supongo que es algo íntimo. ¿Alguna vez has pensado reconquistar a Muriel? Me he formado la idea que es algo que no has resuelto.

—No, por ningún motivo, eso pasó a ser un chiste, algo simpático que me ocurrió, algo que recuerdo con placer, pero sin nostalgia.

—¿La has buscado en los *Archivos Holográficos* de los Premios Nobel? Es facilísimo.

Daniel negó con la cabeza.

Fernanda se puso de pie, manipulando su teclado, antes de retirarse.

—¿Me acompañas?

—No, me quedaré un rato más.

—Bien, mañana es nuestra última sesión, no te rompas la cabeza eligiendo un entorno en el Seleccionador, la verdad es que no tiene mucha importancia, relájate, creo que sería bueno que te juntaras con otras personas, hasta mañana.

La actividad regresó al lugar, un pájaro pasó por el aire, tronchando la paz con un graznido intenso, el monje caminaba con lentitud apoyándose en su báculo arqueado.

—¿Qué buscas entre nosotros? —le dijo tratándolo como si nunca hubiesen hablado antes.

¡Qué cosa más estúpida! Perder el tiempo con un tipo tan mal diseñado.

—¿Qué buscas entre nosotros? —repitió el monje.

—Una respuesta —dijo Daniel muy serio, por tomarle el pelo.

Al hombre se le agrandaron los ojos, parecía sentirse a sus anchas y lo convidó a sentarse.

Daniel recordó una vieja polémica suscitada en los inicios de la clonación. Si el alma era una sola y el hombre se clonaba, ¿qué pasaba con el alma, se clonaba también? Las respuestas fueron múltiples dependiendo de los intereses en juego. Si se junta un espermio y un óvulo se forma un ser nuevo, Dios crea para él un alma nueva, ¿qué problema tendría en crearle otra alma al clon?; porque no se podía negar que el nuevo ser tenía un alma, aunque fuera un pedacito. Pero esa nueva alma, ¿tendría que responder por los pecados de su gestor primitivo, o partía de cero? La cosa se complicó aún más con el procedimiento de trasferencia vivencial. El *Clon-dos* aunque tiene vida aún no tiene alma teóricamente, según los "Entendidos" en esas cosas, y al mismo momento que se producía el *trasvase* de vivencias el alma debería partir volando de uno al otro y se acabó el problema.

—Veo que te gustan las respuestas fáciles —le aclaró el monje después de escuchar sus argumentos —nosotros que creemos en la reencarnación, eso que tú llamas el *trasvase* del alma lo vemos como un proceso de purificación, de crecimiento de nosotros mismos. No pensamos que la tecnología haya cambiado para nada lo que estaba decidido desde siempre, las leyes del creador son inmutables, el hombre sólo trueca el entorno, te lo voy a explicar con un ejemplo. Si antaño podías reencarnarte en un animal cuya especie actualmente se extinguió, es válido que ahora lo hagas en un ser que antes no existía, el *Clon-dos* o cualquier otro ser vivo. Según nuestras creencias sólo muere el cuerpo, la parte física, nuestra alma cambia de lugar, no elegimos el dónde, pero sí es posible ir subiendo de categoría, lógico que ello es un premio a nuestro comportamiento. No pretendo convencerte de mis creencias, mi labor es ayudar a que cada uno encuentre sus respuestas.

—¡Carambolitón! Pero, qué manera de ser aburrido, ¿qué haces conversando con este tipejo? —la Gina lo sacó de sus cavilaciones y, por suerte, porque no sabía qué responderle al fulano.

—A ver Dany, ¿cuántos siglos que no nos pegamos un polvo?

Daniel cerró los ojos y frunció los labios en un gesto que parecía implorar que lo besaran y que según Isabel era lo más sexy que sabía hacer.

—Desde el comienzo de los siglos, todo está sentenciado, la tecnología no ha cambiado para nada el destino de los hombres —dijo Daniel sacando de su bolsillo el aerosol del *Vola* —echando a perder también se aprende, es un viejo proverbio oriental, me lo dijo el monje.

—Mentiroso —le suspiró ella, mordiéndole la oreja.

Gina lo dejó en los comedores, la gente se veía despreocupada, nadie se hacía problemas con el "lavado de cerebro", se contaban experiencias que siempre terminaban en risotadas.

Un hombre muy formalmente vestido insistía en entablar conversación. Compartían la mesa de los *singles*; era peruano, viudo, sin hijos como solía suceder con los *primarios*. De tez morena y cabello cano, pronunciaba muy bien el español, con ese acento tan grato que tienen por esas latitudes. Era un entretenido parlanchín, se llamaba Emanuel y sobre la E de su nombre de pila urdió una larguísima historia, de seguro que falsa, que tenía que ver con uno de sus antepasados. Tocante a su viudez mantuvo cierta reserva, pero sin duda reciclarse era la gran oportunidad de rehacer su vida. Les contó un par de chistes picantes, que a las claras dejaban ver qué destino tenía previsto para su futuro clon.

—Sólo se vive una vez, amigo Daniel —apuntó palmoteándolo, lo cual era la frase menos adecuada para esa coyuntura; parecía un disparate viniendo de él que lo único que añoraba era terminar rápido el procedimiento para comenzar una nueva vida. Para su último día había seleccionado una playa sueca. —Porque para qué lo vamos a negar, hermano, a los latinos nos siguen atrayendo las rubias y a ellas los morochos, que mira, no quise cambiar nada de mi aspecto incaico para mi *Clon-dos*, bueno sólo la nariz, que ya ves como la tengo de ancha.

Daniel se paró a buscar un postre y no regresó a la mesa.

De repente recordó con preocupación las aseveraciones de Gina, que lo catalogaban de bastando traidor, ¿de dónde sacarían esas patrañas? Quizás querrían que él también confesara como Emanuel, que iba a dedicarse a hacer el sexo con cuanta mujer lo aceptara; que quería modificar estéticamente su clon para hacerlo más atractivo; porque la vida de los reciclados **ES Y DEBE** ser más feliz. Bastaba tener tres dedos de frente para entenderlo; cuando se es joven se tiene el físico adecuado, pero falta la experiencia y el dinero; cuando se llega a los malditos sesenta las cosas se invierten, la solución, el deseo más profundo de cada mortal no puede ser otro que el reciclaje; un viejo sueño de la humanidad y, ¿quién lo iba a creer?, aparece un estúpido que se resiste a ser feliz. No puede ser, habría que colgarlo de cierta parte.

Volvió de prisa al dormitorio, se sentó en la cama y con urgencia desplegó el menú del *visor* más pequeño. Navegó por largo rato, por momentos fastidiado, por no encontrar el listado de los Premios Nobel.

Muriel se *corporalizó* en medio del recinto. Vestía de azul mediterráneo, con la falda justo en la rodilla, que por los siglos de los siglos (ya saben) es y será la medida exacta de la elegancia. Lo saludó con exagerada timidez.

Pero no era Muriel.

No la Muriel que había soñado por cuarenta años. Permaneció en silencio, incluso sin moverse, sólo se dedicó a mirarla por largos, largos minutos. Su rostro estaba surcado por pequeñas arrugas y ahora tenía mucho menos cabello. Daniel conservaba el botón de control en la mano, bastaba apretarlo y la mujer desaparecería para siempre de su vida, pero no pudo, no fue capaz y la invitó a sentarse.

—*Madame* Daladier —la interpeló. A ella, a esa mujer de cien años, ya no la podía tutear. De ese cuerpo fragante, recién entregado por el reciclaje, de esa hermosa chica de veinte, de la Muriel de sus sueños imperecederos sólo restaba el timbre de su voz y la entonación francesa que parecía haberse acentuado con el tiempo.

Muriel lo miraba expectante, sonriendo con un dejo de dulzura.

Pero había sido tan precipitada su decisión de llamarla, que no tuvo tiempo para pensarlo, de prepararse para un momento tan esperado. Lógico, era imposible que lo reconociera. ¿Cómo, quién, iba a programarla para recordar un romance de los veinte años?

—Señor *Lopéz*, buenas noches, *encantadá* de poder ayudarlo en algo dentro del campo de mis conocimientos, que como usted sabe es la *biolollía*—. Los *espectros biográficos*, como se llamaba a este tipo de *holobiogramas*, eran extremadamente gentiles en su trato. Su preparación tomaba años y se requería del análisis psicológico computacional de miles de aspectos para intentar recrear la personalidad y respuestas posibles del personaje en cuestión. Para el caso de personas que aún estaban vivas, como sucedía con Muriel, se las entrevistaba y se hurgaba en su pasado para reconstruirlo lo más parecido a lo real. Lógicamente sólo eran dignos de aparecer entre los *espectros* las figuras señeras de la historia, como acontecía con los Premios Nobel.

—Señora Muriel... —alcanzó a decir, siempre mirándola al fondo clarísimo de los ojos, descubriendo con un sobresalto que era su misma mirada de antaño; que había algo en el entreabrir y cerrar de las pupilas y en su sonrisa pronta a convertirse en carcajada que la delataba; que en verdad lo había reconocido, que sólo estaba alargando el juego —Muriel —repitió entrecortado.

—¿Tú... tú eres Daniel?

Se le llenaron los ojos de lágrimas y ellas le falsearon la imagen, simulando borrosamente el pasado. Fue como verla otra vez en las Torres del Paine, centellando tras la fogata, momentos antes de hacerle el amor por primera vez.

—Sigues siendo el mismo, Daniel —Muriel se acercó a su lado hasta rozarlo, aunque sin el calor humano, que ni siquiera los *holobiogramas* de última generación han logrado reproducir.

La tomó de la mano, la misma que alguna vez lo acarició.

—Son muchos años que he querido verte —se le atropellaban las ideas —a veces pensaba que, si me hiciera famoso por algo, aunque fuera por hacer una gran estupidez, ¿entiendes?, tú sabrías de mí. Y hoy, no me preguntes por qué, se me ocurrió de repente y tampoco sé qué decirte, increíble, ¿no? Después de soñarlo por tanto tiempo. Pero déjame contarte, me estoy reciclando, alguna vez te ofrecí no hacerlo, ¿recuerdas? Estoy casado, tengo un hijo y todos esperan y todos quieren que regrese joven y comience de nuevo.

—Ven, no es necesario que expliques nada. De mi vida pública puedes enterarte con facilidad en cualquiera de estos aparatos; de la otra, de la otra, no lo sé bien, Muriel, la verdadera Muriel, no me dio nunca muchas luces; sé que oculta algo, sé que en especial tu recuerdo le duele demasiado.

Se recostó, y él lo hizo a su lado. Una mano mantenía los dedos cruzados, mientras que, con la otra, ella le acariciaba el cabello encanecido y la calvicie de la coronilla que nunca quiso repoblar a pesar de las quejas de Isabel. Las dos cabezas muy cercanas sobre la almohada. Daniel tomó el dispositivo de control, lo arrojó bajo la cama y cerró los ojos.

Por la mañana el control estaba otra vez sobre el velador.

# Capítulo Ocho

L a gestación de un hijo, era el fruto del compromiso muy reflexivo de la pareja, habitualmente después que ambos se habían reciclado. Esta última condición no era obligatoria, pero porcentualmente era con mucho la más frecuente. El asunto requería desde siempre de un óvulo y de espermios. Para obtenerlos de la mujer se estimulaba su ovario con hormonas, lo cual se hace desde hace varios siglos, pero actualmente no es necesario un procedimiento invasivo para recepcionarlos; se usa una sustancia generada por el propio esperma que es capaz de atraerlos químicamente hasta el exterior. Para el caso del varón la tecnología no ha variado los recursos señalados como un pecado hace miles de años en la Biblia. El implante del huevo fecundado se coloca entonces en la *bolsa gestacional*, para incubarlo por los nueve meses que requiere el recién nacido.

Javier, un poco más grande que la cabeza de un alfiler que crecía vertiginosamente, fue admirado con los ojos brillantes de Isabel y Daniel. Podían haber pasado horas embobados, tomados de la mano, con unas ansias locas de comunicarse algo tan difícil de definir, pero sumamente grato.

—¡Ey! ¿Qué esperan? Bésense, aquí todos lo hacen —les guiñó un ojo un funcionario al pasar.

Al llegar del trabajo, por el pequeño *visor* sobre el velador podían verlo moverse y desarrollarse día a día. Un punto pequeñísimo empezó a latir impulsando la sangre, antes de que siquiera su forma estuviera definida; después una cabeza desproporcionada y las manos con unos dedos finos como cerillas.

Pero esta visión no era suficiente, había que ir a visitarlo y así lo hicieron una vez por semana. Isabel insistía que debían hablarle, que él los escuchaba, ya que de hecho se quedaba mirándolos y con buena voluntad se puede decir que los reconocía; por lo menos claramente aumentaba su movilidad nadando en el líquido de la caja transparente igual que un acuario.

—¿Por qué se nos olvidará nadar? Mira lo bien que lo hace.

—En realidad el período de gestación no es desde hace mucho tiempo de nueve meses. La entrega de su hijo, va a depender básicamente de sus capacidades y peso, generalmente lo hacemos a las 34 semanas. Primero como usted sabe lo vacunamos y chequeamos sus mecanismos inmunitarios —les informó el fulano encargado, que, aunque vestía de blanco no era médico y no tenía para qué serlo. El desarrollo del feto era una cuestión tecnológica manejada por un sistema informático -casi tan antiguo como el hombre- les explicó otra vez el sujeto, dejándolos aún más ansiosos.

Javier fue un niño hambriento y sumamente llorón. —¿Y toda la tecnología y la microingeniería genética, de qué sirve? —se quejaba Daniel que casi siempre era el encargado de su alimentación y del cambio de pañales. —¡No puede ser, que el hombre haya viajado hasta los confines del sistema solar y que aún sea necesario mudar a los hijos!

—Desde siempre se ha hecho así, lo que pasa es que ustedes los hombrecitos actuales nunca han usado las manos para nada —reclamaba Isabel, que cuando estaba en casa le disputaba el honor de malcriar al pequeño.

—¿Cuántos hijos vamos a tener? —le preguntó tiempo después, aunque sin mucha convicción.

Daniel se quedó perplejo, ¿para qué querían otro hijo? Son tan pocos los que tienen más de uno.

—Analizaremos el asunto en unos años más, me parece lo más cuerdo —atinó a decir para no abrir polémica.

Javier fue creciendo sin problemas y de su presunto hermano nunca más se habló. A los dieciocho era un muchacho macizo de pelo negro como un cuervo y muy parecido a Daniel a esa misma edad, salvo en el mentón que era más pronunciado. El joven siempre se interesó en seguir los pasos de su padre, mientras Isabel reclamaba que lo imitaba en demasía;

pero —ya el mal está hecho —se defendía Daniel, cada vez que su mujer amenazaba con hacer algo por cambiar las cosas. Al margen de las bromas, para ambos fueron años de dudas, por eso de querer hacerlo mejor, sin saber bien qué actitud es la mejor.

"Porque hay cosas que parecen tan sencillas cuando les ocurren a los otros, pero cuando es uno el que tiene que educar, se empieza a preguntar, hasta ¿para qué sirve un cúmulo inimaginable de conocimientos?" escribía Daniel en los apuntes que guardaba celosamente, pues según su decir, todas las ideas se ocupan alguna vez en la vida. Y las respuestas suelen ser alambicadas: "Yo a mi hijo sólo quiero darle los medios para que él mismo encuentre la felicidad", por eso mientras tanto, lo hostigo por veinte años torturándolo con estudios para que alcance una mejor vida.

Hace dos o tres siglos tuvieron bastante difusión los críticos de los viejos métodos educacionales; se decía que no tenía ningún objeto memorizar una sarta interminable de conocimientos que poco o nada se ocupaban en el futuro, que debía enseñarse *humanidad*; lo cual era bastante vago. Se ejemplificaba entonces, con tribus que aún vivían primitivamente, "humanamente", ignorantes del consumismo, trabajando de sol a sol y usando aún sus propias manos, pero "felices" según sus apologistas, que desde luego seguían enviando a sus hijos (que por ese tiempo eran varios) a los colegios a malcriarse. Ellos no hacían cuestión de que para esas tribus, que por ponerles un nombre podrían llamarse simplemente *Los pobres de la tierra*, las posibilidades de llegar a viejo eran escasas, que hasta un dolor de muelas era un drama. Porque las respuestas a cosas complicadas, que por siglos se ha hecho el hombre culto (y cuanto más culto más complicado), para los humildes de pensamiento parecen ser más sencillas. Digámoslo en fácil: al hombre le gusta llegar a viejo, ojalá ser eterno; prefiere que otros trabajen por él, odia la explotación cuando es él la víctima; adoramos a los santos, a los sacrificados por la humanidad, a los que todo lo regalan, pero no queremos que ese ser "estrafalario" sea nuestra pareja, ni siquiera que sea un hijo nuestro.

Pero tanta queja tuvo algún tipo de respuesta, Marie Schröeder y sus colaboradores se hicieron cargo de buscar otros métodos de aprendizaje hace más de ciento cincuenta años. Parecía sencillísimo, usando la misma técnica del *trasvase* de vivencias. Según esto sería posible transferir de un ser a otro todo su acervo cultural. En cinco minutos uno podría salir hablando un idioma extranjero o dominar intrincados problemas matemáticos; pero sus experiencias fueron un fracaso tan estruendoso como aquellas de George y el mono que otra avispada doctora efectuó años antes.

Actualmente no se descarta que en el futuro el mecanismo funcione, pero por ahora se considera altamente inmoral. El trasvasar las experiencias ajenas sería contrario a la capacidad de elección, por lo tanto seguimos a la antigua, educando en los colegios y en la universidad, cosa que pusieron en duda todos los futuristas del pasado; por otra parte se terminaron las tribus primitivas, con el inmenso dolor de los ecologistas, porque es sumamente penoso no tener indígenas que mostrar, o andar contando por allí, para ver cuántos quedan, mientras el susodicho defensor de los pobres se aloja en hoteles de cuatro estrellas y aprovecha todas las ventajas del vilipendiado consumismo.

—¿Crees que sería adecuado que tú sigas diseñado las *histovivencias*? —lo sorprendió Javier.

—¿Y si no es así? ¿Quién?

—Yo —respondió el muchacho, sin cambiar la faz.

—¡Oye, me quieres dejar sin trabajo! o ¿crees que lo estoy haciendo muy mal?

Javier abrió una libreta. —Se me ocurre que estás perdiendo la frescura de los primeros capítulos, escucha esto:

"Después de varios siglos con el viejo temor de que la población mundial sobrepasara las posibilidades de generar alimentos, la tecnología logró dar vuelta la tortilla y en los últimos cincuenta años la población desciende año tras año, con lo cual obviamente han aparecido nuevos agoreros rasgando vestiduras por los sagrados valores de la familia, ya que los niños carecen ahora de hermanos carnales".

"En cuanto a la producción agrícola, en los países que se desarrollaron económicamente primero, a fines del siglo XX, los excedentes sencillamente se quemaban para conservar los precios en el mercado, lo cual hasta el día de hoy tratan de negar, pues por ese entonces millones de niños morían de hambre en África y Asia. Al margen de lo anterior, seres inteligentes no se han detectado en el sistema solar; tampoco nadie ha viajado más allá, por lo tanto no han aparecido más bocas que alimentar como lo sugirió más de algún escritor fantasioso de siglos pasados".

"Probablemente la posibilidad de manejar el clima a través de engrosar o adelgazar la capa de ozono sobre distintas latitudes y corrientes marinas fue el principal factor en la recuperación de tierras áridas. Hace algunos siglos atrás extensas áreas del planeta eran desiertos, incluso se temía que su avance fuera inexorable. La ingeniería genética al permitir la acelerada maduración de árboles que demoraban siglos en crecer, seguramente también fue un factor importante". El caso del agua dulce es particularmente interesante, se pronosticó que su escasez sería la causa de nuevas guerras brutales en el futuro, sólo que no se tenía en cuanta que 75% de la Tierra está cubierta por agua, desalinizar el agua marina requiere de una técnica conocida por siglos, bastaba solamente darle un uso racional a la energía, y sol por suerte nos alumbra desde siempre y el mar malgasta su energía día tras día, ola tras ola".

"Pero, siempre hay un pero, ¡qué maravilla es el hombre! Thomas Tausen, el gran poeta danés del siglo XXII, tiene una oda que hace referencia a la inteligencia humana, ¡cómo es posible! reclama, que aún existan seres que reniegan de la ciencia y la tecnología, y siguen hablando de medicina alternativa y otras sandeces similares, capaces de seguir a engañosos gurúes que, risueños, quieren venderle la "pomada". (El vate se refiere a los charlatanes que en las ferias vendían elixires contra todos los males). — El hombre mira y no ve —agrega Tausen —¿Será estúpido o no quiere ver? ¿Por qué no puede confiar en sí mismo y tiene que buscar explicaciones mágicas? ¿Por qué no valora los logros gigantescos a través de los siglos y persiste en la tonta cantinela de creer que los tiempos pasados fueron más felices y que todo el bienestar no vale una supuesta candidez perdida? No alcanza a fundir su viejo ídolo cuando ya construye otro tan absurdo como el anterior, mientras rápidamente surgen los sacerdotes de la estupidez con tan poca imaginación que ni siquiera cambian los ritos practicados por milenios; repitiendo misteriosas palabras mágicas, ojalá muchas veces, lo cual parece asegurarle al practicante algo parecido a la felicidad; pero no en el aquí y el ahora, si no en un lugar sin lugar, en un tiempo sin tiempo, para un ser que ya no es ser. Bien raro el asunto, hay que admitirlo".

Daniel se quedó con un mal gusto en la boca, le habían descubierto el escondrijo de sus apuntes.

—Siempre anoto ideas generales para tratar de incorporarlas posteriormente a las imágenes, intentando que no salgan muy pedantes —se defendió —aunque en realidad ahora tienen una razón especial, no sé si eres capaz de entenderlo, pero tengo un temor, uno pequeño; ignoro si a mi regreso, después de reciclarme, seguiré igual; si tendré los mismos pensamientos; si seré capaz de hilvanar las mismas ideas; si seguiré desapegado a lo establecido o me transformaré en un conformista; trabajando los próximos cuarenta años sin chistar y perdiendo esa invisible hebra que ha caracterizado las *histovivencias* desde su inicio y que finalmente quieren demostrar que ha sido la rebeldía del hombre la palanca que lo ha sacado de las cavernas; la que lo ha liberado de las cadenas de los tiranos y las religiones.

—Mira, no quiero que lo tomes mal, pero a ti te he escuchado repetir que uno debe dejar un intervalo temporal con los acontecimientos para mantener la objetividad, como el vino que se hace sublime dentro del roble, algo así.

—¡Ah, Tontuelo de Menso! —se largó a reír Daniel —es un personaje inventado por Angelo, que gustaba de concebir frases célebres y vacías. Tontuelo tenía una biografía completa, con fecha de nacimiento y todo. Conociendo a Angelo entenderás que fue contemporáneo de los guacamayos que gustaban repetir la "Única Verdad", y de pasadita castigaban de la manera más atroz a los herejes que osaban poner algo en duda. Y no quiero que vayas a pensar que era un cura (necesariamente).

—Bueno, pero para variar te fuiste por las ramas, creo que te estás quedando atascado en el período de la *Adolescencia*, después del reciclaje a este ritmo a lo más llegarás al *Siglo Verde* y modestamente, creo que ese debería hacerlo yo, tengo algunas ideas que podrían ayudarte.

Daniel se sintió inicialmente emocionado, pero no pudo dejar de expresar sus dudas.

—Hijo, ¿estás seguro que eso es lo que quieres en la vida? No me gustaría interferir, nunca has pensado en otras posibilidades, navegar por el espacio…

Javier lo interrumpió con una carcajada. —Mira, viejo, si me dedicara a ser piloto, ahí sí que estarías manipulando mi vida, yo estaría realizando tus sueños, ¿no es así?

Daniel lo abrazó. Javier era unos centímetros más alto y tenía la barba durísima, como él mismo a los veinte, capaz de dañar la piel de su pareja. Recordó que en una ocasión el roce de su barba había irritado el mentón de Muriel a tal punto que ella no se atrevió a salir a la calle por unos días.

—¿Crees que a mi regreso me dejarán integrar tu equipo de fútbol?

—Bueno, supongo que sí, pero, ¿alguna vez has jugado?

—¿Qué te crees? En el asilo era de los mejores.

—Ya sé que eres porfiado como mula, pero yo también estoy de acuerdo con la mamá. No creo que debas viajar en ese carro tuyo, es más, yo no tengo inconveniente en llevarte y después traerte de regreso.

—Mire, niñito, siempre me ha molestado ser tratado como un interdicto, no estoy tan viejo, con tu madre hemos viajado por todo el mundo en nuestro propio vehículo y la única que ha tenido un accidente ha sido ella, a pesar que hasta hoy insiste en que dirige mejor que yo.

El lunes 14 de junio, mientras en Santiago caía una ligera llovizna, los tres se posaron en la plataforma de más de 150 metros de altura ubicada en el casco viejo de la ciudad, la otrora elegante comuna de Providencia. Daniel ubicó su *Leroy 320*, modelo algo pasado de moda, en el cubículo asignado a los *carrier* internacionales y pidió el permiso de vuelo pertinente. La verdad es que hasta un niño podía realizar las maniobras que están fijadas con antelación por el sistema. La despedida fue breve, Isabel, maquillada a la perfección, lucía muy bella, como para que no la olvidara en los dieciocho minutos de viaje.

—¿No estás para nada nervioso? —preguntó Javier al abrazarlo.

Daniel miró a su hijo veinteañero, su futuro compañero de deportes y hasta de parrandas, después de todo, la semana próxima, se verían como hermanos.

—¿Qué te crees? No te dije que en el asilo era de los mejores.

# Capítulo Nueve

Realmente eres el tipo más extraño que he conocido —la Gina, roja de cólera, lo había tomado de los hombros jalándole del *corporín* que casi se desgarra —pero, ¿de dónde? ¿Cómo se te puede ocurrir algo tan tonto y rebuscado?

Daniel no le respondió, se limitó a sentarse en un rincón con un gesto teatral.

—Y yo que te iba a mostrar tu clon, como un favor especial, se entiende, porque no lo hacemos con nadie y tú me sales con esa cosa tan extraña. Empezaste tan bien, seleccionando una playa tropical, como todo el mundo, pero después ya complicaste las cosas con ese planeta extravagante, que ya ni me acuerdo, pero que desde luego no estaba en el programa. No podemos tener todo, hay más de mil alternativas, pero una cárcel, ¿de dónde?  Ni que fuéramos magos, pero lo más importante no es eso, sino el propósito, ¿para qué? —la Gina cada vez alzaba más el tono de voz —¿por qué demonios a un tipo normal, porque supongo que eres normal, se le puede ocurrir pasar su última jornada en una cárcel?  Eres masoquista o qué sé yo.

—Bueno, no he pedido exactamente una cárcel, no exageres, me gustaría conocer un *Centro de Ostracismo*, no el lugar en sí, pero a sus moradores, es una curiosidad que he tenido por años.

—Sí, claro, como no, ya me imagino, tu famoso amigo Angelo, él te debe haber metido eso en la cabeza, después de todo es un inquilino consuetudinario; pero mira que eres tonto, si tanto, como dices, has querido saber de esa cosa, no entiendo, porque no lo has visitado en los *Archivos Holográficos*, como todo el mundo civilizado, en vez de gastar tu último día, cuando debes decidir cosas importantes de tu vida.

Daniel no respondió.  ¡Qué vergüenza!  Nunca se le había ocurrido, lógico, si podía llamar a Beethoven o a Muriel.  Gina lo sorprendió sonriendo.

—Qué bruto que eres, y todavía te ríes.

—Bueno, bueno, te doy mi autorización para elegir por mí la locación que tú desees.

—¿Sin reclamar? —aseveró Gina abriendo enormes ojos y agitando el índice frente a su nariz.

—Sin chistar, lo prometo.

Si *motu proprio* hubiese escogido el Harem habría enrojecido de tener que confesárselo a Isabel, ya que sólo un niño curioso por el sexo visitaría esa suerte de prostíbulo, por muy virtual que fuera. Quizás Emanuel, el peruano jaranero que conociera en los comedores, si lo hubiese maliciado habría preferido estas nereidas perfumadas a las enormes y platinadas nórdicas que lo trastornaban.

El diseñador parece que se inspiró en la Alhambra y mezcló un poco del Taj Mahal y otro poco de las Mil y una Noches. El engendro sin embargo era grato. Baldosines de cerámica de un color ocre brillante, arcos de medio punto sostenidos por delgadas pilastras policromas, enrejados que separaban jardines, enredaderas de rosas y jazmines perfumados, aunque quizás en demasía; música leve que parecía emanar de las múltiples fuentes con pequeños y suaves cursos de agua.

Daniel se sentó sobre un cúmulo de cojines enormes en una esquina de la habitación, más al poco andar debió recostarse, puesto que siempre tuvo dificultades para sentarse cruzando las piernas.

La música se hizo más intensa y tras una escultura de jade aparecieron las muchachas ataviadas de velos coloridos y transparentes. Se dirigieron directamente a él. Había algo de intimidación en sus miradas, a pesar de sus sonrisas amplias y de los pasos de un baile voluptuoso que seguía la melodía cada vez más agitada.

No pudo dejar de recordar el paradigma de la prostituta que la ensoñación erótica femenina proyectó en los siglos XIX y XX. Una suerte de heroínas que la mala fortuna había desviado de la buena senda, pero poseedora de un corazón de oro. Todo muy propio de la todavía inexperta mujer de esa época. Aquí con las bailarinas orientales medio desnudas pasaba algo parecido, aunque ahora referido a los varones. Se partía de la suposición que aquello era lo más concupiscente que el hombre ideó en sus miles de años sobre la Tierra; esta mezcla de lascivia sofisticada del oriente y doncellas domesticadas para satisfacer los apetitos sexuales más pedigüenos. ¿Quién no querría ser joven otra vez para disfrutar de los placeres de la carne por cuarenta años más? ¡Viva el reciclaje! Sólo faltó una porrista que sacara una pancarta. El mensaje era demasiado evidente, de seguro que a todos los reacios o dubitativos los hacen pasar por este trance.

Pero debió reconocer que el espectáculo cumplía y, rebasaba con mucho, cualquier presunción. Manteniendo una finura permanente, las muchachas comenzaron a practicar toda suerte de juegos sexuales entre ellas. Sin contar que eran de una belleza singular. Una joven se colocó un falo postizo y comenzó a realizar las maniobras propias del varón en todas las posiciones imaginables. Evidentemente era una exhibición excitante. ¿Qué estaría pensado de él la Gina mandándolo a semejante representación? Porque de seguro que conocía el lugar.

En ese momento entró un hombrón gigantesco con unas bombachas de seda brillante que le colgaban hasta los tobillos. Las mujeres lo atosigaron con caricias libidinosas que él rechazó, entonces entre varias y a la fuerza lo desnudaron e intentaron sin éxito ponerle el miembro erecto, hasta que en un descuido el eunuco salió corriendo arrastrando malamente sus pantalones enredados en los zapatos de punta curvada.

—¡Ejem! —tosió Fernanda a sus espaldas, y debió repetir la carraspera, pues Daniel estaba ensimismado con la reciente aparición de un joven galán; caricatura de alguna antiquísima película de corsarios, y en el momento en que algunas muchachas se acercaban al joven con el descarado ánimo de seducirlo, la escena quedó congelada y la música se silenció. Sólo entonces Daniel captó la presencia de su *psicoguía*, enrojeciendo.

Daniel intentó aclarar que en realidad él no tuvo participación en la elección de semejante lugar, pero Fernanda no lo dejó hablar.

—¡Por Dios! ¡Qué manera de ser poco dúctiles los varones! No tienes por qué explicarme nada, a ver dime, ¿qué tiene de malo este lugar? ¿Crees acaso que el sexo es vergonzoso? Pero, hombre, ¡qué manera de estar rojo! Se supone que aquél que diseñó esta *holografía* pretendía que la gente se entusiasmara y sintiera algún grado de placer, ¿no lo crees? Porque tampoco estabas sufriendo, a mí no me pareció.

Daniel se sintió desarmado, se limitó a levantar los hombros y abanicarse el rostro con una mano.

Fernanda lo liberó por un momento, para después insistir con voz mucho más suave. —¿Te parece que es un tema que podríamos explorar?

—Puede ser —asintió Daniel sin mucho entusiasmo.

—¿Has hecho el amor en público? Me refiero con algún espectador o en compañía de otra pareja, ¿me entiendes?

—No, y no creo que eso signifique que soy anormal.

—Sólo pregunté, no hagas juicios *a priori*, así no podemos seguir. Y tu mujer, ¿crees que ella lo ha hecho?

—No sabría responder por ella —contestó con voz ronca, mientras se volvía a abanicar —soy su tercer marido.

—Veamos, ¿a qué llamarías infidelidad conyugal o es algo que no te interesa?

—No sé, no es fácil de definir en nuestros tiempos. ¡No me mires como si fuera un troglodita! Entiendo, después de todo es mi trabajo de historiador, sé que las cosas, especialmente en el plano sexual, han cambiado; pero para mí todavía no es lo mismo hacer el amor que bailar con otra pareja. En todo caso tengo en claro que la fidelidad es un sentimiento que no tiene relación sólo con el sexo; la verdadera deslealtad es dejar de amar al otro, no es un problema de acostarse o no con otra persona.

—Me parece una buena manera de defenderse, un resabio del machismo, supongo.

—¡Para! Ya sé a dónde quieres llegar, te lo voy a decir, ya que quieres darte el gusto. Antes del accidente de Isabel nunca lo hacía con otras mujeres, después, ¿qué quieres? No sabría explicarlo, creo que dejé de sentir culpa.

—¿Nunca la has perdonado?

—Es un sentimiento confuso. No es posible manejar las emociones sólo con el intelecto. Si uno lo piensa no es algo extraño, al revés, estadísticamente es lo más frecuente, pero adentro queda algo que no es fácil borrar.

—¿Tú crees que no se puede borrar?

—¿Te refieres al proceso de eliminación de vivencias?

—Lógico, ese es el objeto de nuestras conversaciones. La decisión es tuya, deberás muy seriamente sopesar cuánto te hace sufrir este recuerdo; ya sé que lo has tolerado por mucho tiempo, pero no es obligatorio que lo hagas por ochenta años más. Es posible que cuando estés viejo no te importe mucho, pero con un cuerpo de veinte, entenderás que es distinto, especialmente en tu caso, en que tu mujer se verá mucho mayor, por muchas *remodelaciones estéticas* que se haga en el futuro.

—¿Cuándo debo responderte?

—No te apures, obvio que mañana, hoy es el último día, pero no te preocupes se te entregará una *sonda-guía* sencilla que te servirá para informarnos. Gina puede ayudarte con ese detalle, el *trasvasador* de vivencias identifica fácilmente cuando se le introduce la sonda.

Después de unos instantes de silencio en que Daniel parecía reflexionar, pero en que más bien le daban vueltas en la cabeza ideas que no podía ordenar, Fernanda insistió con un tono suave, como quien no desea atemorizar.

—Veamos, nuestro trabajo está llegando a su fin, resumiendo estos cinco días, ¿cuál es tu impresión?

—Difícil, hasta ayer creía que no tenía vivencias para eliminar. Sobre el asunto de Isabel, verdaderamente no sé qué decirte; entiendo tu oferta, porque en teoría suprime una sensación dolorosa que me trae la evocación del asunto. Cada vez que lo recuerdo algo se me oprime en el pecho. Pero, aunque fueron los días más negros de mi vida los que pasé en La Habana, no estoy seguro que quiera prescindir de ellos. Mi tremendo dolor no fue por el engaño, sino por temor a que muriera; y lo creo así por la felicidad que me invadió al verla prácticamente resucitar. Recuerdo que al abrazarla lloré de alegría, te lo puedo asegurar.

—Te lo voy a repetir, es tu decisión. Ahora yo, como mujer, además de ser tu guía en esto, me siento casi obligada a decirte que deberías anular esa secuencia; serás más feliz y tu mujer también. No sé si has pensado en el problema que tendrás por algún tiempo, tú aparentarás veinte y ella cuarenta. Es una diferencia que va a poner a prueba todo el amor, donde cualquier fisura puede poner en peligro la relación.

Fernanda se puso de pie, le sonrió con cariño. Cerró el pequeño *controlador* y el escenario recuperó su movimiento, la cantarina melodía de las fuentes de agua y el penetrante aroma de jazmín.

—Creo que lo has hecho muy bien, no todos son tan francos como tú lo has sido, te deseo toda suerte de éxitos, aunque no puedo dejar de advertirte que hay cosas que serán difíciles. ¡Felicidades!

Daniel se tendió otra vez en los cojines, mientras a su lado la orgía continuaba. El joven corsario, como lo había bautizado, en pocos segundos estaba desnudo y sus condiciones de semental saltaban a la vista igual que sus proezas atléticas. Las mujeres probablemente exageraban las manifestaciones de placer y sus gemidos inundaban la pieza.

La Gina apareció tras la estatua de jade. Asomó una pierna y después todo el cuerpo, imitando con gracia la coreografía de las danzarinas. Después tomó carrera y se lanzó sobre los cojines.

—Te tengo una sorpresa, un premio, porque dice Fernanda que lo hiciste muy bien —le puso una mano sobre el pene —veo que me estabas esperando–. Se largó a reír, mientras intentaba retirarle el *corporín*.

—¿Cuál es la sorpresa? —la interrumpió, sujetando su mano.

—Paciencia, todo a su tiempo. ¿No te dará vergüenza culear delante de estos mamarrachos? Hay que irse acostumbrando, mañana volverás a ser un muchacho, o lo parecerás por lo menos. Mira, ¿cómo te lo explico? Yo no inventé esto, no soy tan inteligente, me lo confió un hombre que una vez pasó por aquí, ¿me entiendes?, y después nos volvimos a ver, ¿sí? Él lo comparó con un disfraz, me pareció una buena semejanza, ¿te has fijado que detrás de una máscara uno se pone más audaz y pierde los escrúpulos? Me decía que como él no se reconocía a sí mismo físicamente, se sentía como disfrazado y, por ende, audaz y sin temores.

—¿Me vas a mostrar mi clon?

—¿No quieres gozarme, aunque sea un poquito?

—Para ser franco, no.

—Pero te gusto, no puedes negarlo —lo volvió a tocar y lo apretó con fuerzas, haciéndolo gritar.

—¡Oye! ¡Mocosa! Me dolió.

—Te lo mereces —sentenció Gina arreglando su vestido —ven, te lo había prometido, y yo siempre cumplo.

El ambiente en los salones y jardines era festivo, pero extrañamente tenso. Le recordó una época de la universidad, cuando con sus compañeros paseaban por los siempre húmedos bosques del cerro San Cristóbal: era primavera, eran los días de los exámenes finales, todos reían y hacían bromas, pero dentro de cada uno un bichito le arañaba el estómago y uno sabía que no lo dejaría en paz hasta que se aprobaran las pruebas.

Se cruzó con decenas de hombres de su edad, sus ojos le decían: «¡Mírame bien! Mañana seré joven, sin arrugas, sin canas, sin panza, he arreglado mi clon a mi soberano placer». Algunos simplemente reían a carcajadas. Risas nerviosas, se le ocurrió.

Gina lo paseó por todas las secciones. Había un museo que mostraba las distintas etapas que había experimentado el procedimiento. A escala gigante se mostraba el genoma de la bacteria llamada *Escherichia coli*, y como se la había manipulado para hacerla producir insulina, la hormona que usaban los diabéticos, antes de que fuera eliminada la enfermedad y pasara casi al olvido.

—En realidad, eso es sólo ingeniería genética, lógicamente un paso previo a la clonación, los seres unicelulares se han clonado desde siempre, es su manera natural de reproducirse —le explicó Gina, dejando en claro que ese periplo por el museo lo había realizado muchas veces —ven, te mostraré a la oveja Dolly, que entre nos, no es la auténtica, pero fue el primer mamífero en clonarse, no recuerdo ahora cuando, pero de eso hace varios siglos, te lo aseguro.

La zona donde se mantenían los clones estaba excluida a los extraños. La Gina y él debieron pasar varios controles que registraban sus *chips* en cada puerta de acceso. Finalmente llegaron a una pequeña habitación, con algunas sillas. Gina manipuló los botones del brazo de su sillón y una especie de vitrina de vidrio realizó un giro sobre sí misma y muy lentamente comenzó a abrirse, evidentemente que el procedimiento podría ser más rápido, se le ocurrió, pero perdería toda la emoción y algo de esto le querían insinuar mostrándole su clon. Sólo faltó la música de suspenso para completar la escena. Lógicamente uno se imagina que va a aparecer una cosa como un muñeco rígido, congelado, con los ojos cerrados, obvio que desnudo.

Pero fue todo muy distinto. Sintió un escalofrío y como se le iban erizando de a uno los pelos de los antebrazos.

Claro que parecía un maniquí que lo miraba muy fijamente, pero pestañaba, aunque sin mostrar ninguna emoción. Pero algo en su mirar parecía traspasarlo. Su tórax se levantaba y hundía con cada respiración que resoplaba suavemente abriendo y cerrando las alas nasales.

Su duplicado dio unos pasos acercándose a él y estiró la mano y así con un brazo alzado se detuvo a medio metro de su rostro, ahora sin parpadear. La Gina permanecía intencionalmente callada.

Era más parecido a Javier que a él mismo. Isabel le había hecho modificaciones en el mentón. Pero era muy distinto verlo en una pantalla *holoscópica* y jugar haciéndolo girar para atrás y adelante que ahora, aquí, así en vivo, a centímetros de su cara, sintiendo su respiración sobre la piel.

Entonces Daniel también levantó lentamente la mano y asió a su clon por la muñeca. No estaba helado como lo había imaginado, era tibio, sus vellos suaves, su contextura algo más fornida que la propia. De pronto tuvo la extraña sensación de estar acariciando a un varón y soltándolo se sonrojó.

—¡Pero, hombre! Es sólo como masturbarse —aclaró Gina, adivinando sus pensamientos.

—No sé, ni me importa, está bueno, no deseo más, no quiero.

—Espérame afuera, yo lo desactivaré.

—Pensé que lo ibas a disfrutar —se disculpó la Gina, mientras él la esperaba pálido sentado en una banca del parque. —¿Entiendes por qué no mostramos el clon en forma rutinaria? Es muy diferente verlo en una *holografía*, perdóname.

—Fue una tremenda impresión, no sé explicártelo, esa cosa se supone que es uno, pero al mismo tiempo es el enemigo, no sé si lo entiendes, es un individuo joven, robusto, mucho más fuerte que mi cuerpo y que se hará cargo de mi mente y de este organismo, de estas manos, míralas, ¿las ves? Uno siempre le tiene un gran cariño a su cuerpo. ¿Has visto a alguien a quien deban extirparle un ojo o una pierna, como llora, aunque se lo vayan a reemplazar por un órgano mucho más útil? Yo creo que si él me hubiese hablado me habría desmayado. No sé si de viejo se pone uno más cobarde, pero me asustó; no la idea, me asustó ese hombre que se formó de mis propias células y que, aunque no está unido a mí, no es más que una rama de mi árbol; pero que mañana se hará cargo de mi control y destruirá al tronco, que es este cuerpo mío, el cual será incinerado.

Daniel había pensado ir de inmediato al dormitorio, para hurgar los *hologramas* de los *Centros de Ostracismo*, pero la reciente experiencia con su clon, "su otro yo", como alguien había comentado en broma, lo dejó helado. Gina insistía en acompañarlo, pero necesitaba estar solo.

—¿Te gustaría que nos viéramos después del reciclaje? A mí me fascinaría, supongo que te lo han dicho antes, pero lo haces muy bien. Si tú quieres yo puedo ubicarte, sin ninguna obligación por ambos lados, como adultos que somos —la Gina se deshizo en argumentos para que concertaran una cita. Quedaron de resolverlo al día siguiente —tu clon es magnífico, quiero ser la primera en disfrutarlo, ¿me entiendes?

«Hace unos años, unos siglos, mejor dicho», se quedó pensando en cómo hemos cambiado tanto, «habría sido imposible rechazar a una mujer sin ser insultado o tratado de homosexual y antes, pero muchos años antes; la mujer no podía manifestar sus intenciones o deseos de sexo y en ese entonces ella podía hacerse de rogar o rechazar al varón que, ofendido, la tildaba de frígida. Pero de seguro que nada en nuestra intimidad genética ha cambiado en realidad, sólo es una manera menos hipócrita de afrontar la situación».

Pero otra vez el recuerdo de su clon mirándole a los ojos se le vino a la cabeza y la Gina y sus reflexiones sobre la sexualidad pasaron al desván de aquello que se guarda, por si alguna vez se usa, como él gustaba decir…

Estaba seguro que no podría sentirse cómodo dentro de ese cuerpo, le daba celos el imaginarlo haciéndole el amor a Isabel.

—Amigo Daniel —Emanuel, el peruano dicharachero lo sacó de sus reflexiones. —¿Cómo estamos para mañana? Si supieras lo bien dotado que estará este cuerpecito mañana —y lanzó una risotada mezclada con accesos de tos.

No fue muy gentil con su hermano de fortuna y éste se alejó siempre entre chistes picantes, como las comidas de su tierra, se le ocurrió.

Pero pronto volvió a lo suyo, a su clon, que era la imagen que no podía retirar de su mente por el momento. Con Isabel, días antes, habían usado la *sonda holográfica* para recrearlo y discutir eventuales cambios a su aspecto. Él, siempre pudoroso, no opinaba, pero ella decidió suprimirle un poco la papada y emparejar otro tanto su nariz. Pero sobre su sexo, Isabel no hizo modificaciones; a pesar que toda la vida había amenazado con hacerlo crecer, aunque aparentara ser una broma. Pero llegado el momento ¿quizás no quiso que su marido de aspecto veinte años más joven, tuviera éxito con otras mujeres. No lo había pensado, pero al recordar a su clon desnudo, evidentemente que ese talante de su virilidad no había sido modificado.

Se tiró en la cama, con el control del *escenógrafo* en la mano. Sentía la respiración más agitada y la imagen de su doble adherida y mojándole de sudor la piel, como si ya lo estuviera invadiendo. No pudo más y encendió el aparato. Con mucha lentitud se movió de un menú a otro, casi gozando de su ineptitud para manejarse con este tipo de imágenes.

Por fin dio con el tema buscado, el Ostracismo: "práctica de la antigua Grecia, de donde derivaba la idea, no eliminar al enemigo del *Sistema*; pero mantener su influencia alejada de las decisiones políticas. Un avance inimaginable para la crueldad de la antigüedad que normalmente aniquilaba a sus contendientes y de la forma más vil posible".

«¿Pero en la actualidad?» Congeló la imagen por un instante. «¿Cómo podría hacerse?» En su momento Los Verdes habían sido feroces, casi cavernarios para combatir a sus detractores, Gengis Kan o Atila fueron unos aficionados ante la "Marea Verde", como la llamó el erudito antropólogo Leopoldus. «Sólo el ascenso del sexo débil al poder logró rescatar esa antigua práctica con todas las críticas que se les quiera formular».

Se sentía tremendamente lento, sin la fuerza para manipular el control y saltarse la latosa introducción. Apretó un par de botones y la Base *Fedora* se *corporalizó* virtualmente en su habitación. La reconoció de alguna antigua holografía revisada en la preparación de sus *histovivencias*.

Alguien, no pudo recordar quién, había dicho: "Si persisten en ser tan obtusos y quieren volver a labrar la tierra, entonces que se vayan". Y algunas familias se fueron, voluntariamente, bueno, según el decir del ya mítico relato, el éxodo fue voluntario. Angelo, como la voz de su conciencia, lógicamente nunca aceptaría que fue así.

Puso atención a los personajes. Se sentó en un rincón. Era un salón de fiestas y se estaba celebrando los cincuenta años de un matrimonio; las más jovencitas lucían vestidos que iluminaban sus cuerpos desnudos con fluorescencias de tonos cambiantes, por lo demás penosamente pasados de moda.

El evento era organizado por una nieta. Los dos hijos de la pareja, según logró entender, por no compartir la filosofía de sus padres los habían abandonado, emigrando de regreso a la Tierra.

Había algo anticuado en el ambiente, quizás los trajes, pero también en los ademanes, bebían y conversaban de pie. De pronto el festejado pidió permiso a sus invitados y subió a un estrado para dar un discurso de agradecimiento, pero al poco andar, el recuerdo de los ausentes lo traicionó y las lágrimas lo hicieron detenerse.

Daniel le miró los ojos enrojecidos y quizás por primera vez en su vida añoró a su padre, no a Alfonso, sino a su padre natural, a ese que no conoció; y sin más se emocionó. Se le vinieron a la mente los días duros del asilo, Angelo y los otros huérfanos. Entonces sin pensarlo, obedeciendo a un mandato interior se paró de su rincón, se dirigió al estrado, interrumpió al hombre en su alocución y le dio la mano.

—Soy Daniel, Daniel *Cero-uno* —recalcó.

El hombre lo miró algo asombrado. —Encantado, ¿eres de los nuestros?

—Desde luego —le respondió, abrazándolo.

§

Isabel despertó asustada al sentir su respiración en el rostro, se sentó de un salto, mirándolo sin reconocerlo. —¡Daniel! –le gritó sin entusiasmo, incrédula ante el casi hermoso rostro de su rejuvenecido marido.

Él le sonrió con sus dientes blancos y parejos, con su tez sin arrugas, la tomó con sus brazos fuertes, cuya fuerza todavía no sabía medir y mientras la besaba comenzó a desnudarla.

—Más suave, me haces daño —reclamó ella, ayudándolo sin embargo en su quehacer.

Pero no la escuchó y con una brusquedad inusitada procedió en la práctica a violarla.

En su sueño Isabel lloraba todavía en un rincón cuando él despertó. Conservaba aún el control del *escenógrafo* en la mano. La Base *Fedora* se había *descorporalizado*, y estaba bañado de sudor.

# Capítulo Diez

## A manera de epílogo

Yo a mi abuelo Daniel no lo conocí. Javier, mi padre, me relató sus recuerdos sobre su vida, de sus amigos, sus virtudes y defectos; obviamente distorsionados por la visión cariñosa que él conservaba de su progenitor. Fue un tipo completamente normal, no descubrió nada espectacular, nunca mató a nadie, ni actuó como la estrella en algún suceso señero de su época; sólo pasó a la posteridad como el hacedor de la *histovivencias* y aunque yo también he continuado la saga, no creo que sea algo muy importante.

Fue por esas características tan poco destacadas de mi ancestro que fue mi elegido como el protagonista de este capítulo, el 39 en la secuencia, *"El Ahoramismo"*, o como a mí me gusta llamarlo *"Reciclando al abuelo"*.

Él lo había definido desde un comienzo, las *histovivencias* son una visión de la historia a través de personajes intrascendentes; no son las hazañas de los gobernantes, ni gente ilustre; sino del hombre y la mujer que sufrieron o disfrutaron de un momento, al arbitrio de los cambios sociales y políticos. Tienen básicamente un papel didáctico y deben dar una información más que de las costumbres, de la manera de sentir la vida en cada período histórico.

Cuando le mostré a mi padre esos apuntes para iniciar la fase de *visualización holográfica*, me dio un consejo: déjalos reposar algún tiempo. Los acontecimientos se ven con mayor objetividad con el paso de los años.

—¡Tontuelo de Menso! —le grité entre risas, apuntándolo con el dedo.

—¡Francisco, hijo! —balbuceó, abrazándome para ocultar su rostro entre mis cabellos, avergonzado por un repentino ataque de mal disimulada emoción, dejándome desconcertado por muchos días. Aunque después lo he comenzado a entender, eso creo.

Estas explicaciones tienen que ver con el relato que sigue a continuación, pues es muy probable que los hechos no se ajusten a la realidad en un ciento por ciento. He tratado de reconstruir el desenlace del viaje de mi abuelo desde el **RSSA** de Paraguay, con los pocos datos que le permiten a una persona interpretar las decisiones de los demás. Quería disculparme de los eventuales errores, pero papá me espetó con mucho acierto: —¿Tú crees que acaso Daniel conocía a los personajes que hizo desfilar en las *histovivencias* desde la prehistoria? No importa que se trate de tu abuelo, para estos fines es un personaje ficticio.

Así las cosas, los eventos fueron más o menos como sigue:

§

Daniel echó a andar su vehículo al tercer intento, las baterías parecían estar cargadas -mejor dicho, lo están– afirmó con bríos, golpeteando con el índice los instrumentos. Pero (siempre hay un pero) algo debió ocurrir pues se negó a partir en dos oportunidades, eso ya no podía discutirse. Era bueno mantener el motor en bajas revoluciones por unos cinco minutos antes de pedir una pista en el *carrier*.

Gina lo había despedido en la primera puerta, tremendamente dolida, por el rotundo fracaso en sus planes de volverse a ver; dado que él le había negado absolutamente esa posibilidad. Lo había pensado, y concluyó que habría sido lastimarla, aún más, decirle que amaba a Isabel. Pobre Gina, difícilmente lo entendería, era tan joven, probablemente no cumplía aún diecisiete. No pudo dejar de recordar cuando a él Muriel lo dejó cuarenta años atrás. Seguramente estos sentimientos de congoja no han variado su intensidad con el paso de los siglos.

Mientras tanto, unos metros más adentro la algarabía de los reciclados se hacía eco en sus risotadas y abrazos de despedida que iban y venían, todos esperando el transporte, porque parece que él era el único porfiadito que manejaría su propio carro.

No es que conducir estuviera prohibido, pero por un tiempo después del reciclaje, no era recomendable, no se domina bien la motricidad del nuevo clon. Pero sólo recomendable, como todo en el *Ahoramismo*; nada está proscrito, sólo que es tan lamentable que no se sigan las buenas recomendaciones; con ese tonito de mierda como dice Angelo, sumamente quejumbroso, —¡qué pena que usted sea así!, y que tengamos que mantenerlo encerrado mientras recapacita unos meses.

Daniel sentía una especie de dolor en el pecho, no, no era un dolor, una sensación de peso, una angustia, no, tampoco era la palabra exacta, esa que siempre se tiene a flor de labios y se olvida, ¿cómo se dice cuando uno quiere hacer algo al instante y que todo resulte como uno quiere, pero además pronto? Eso, sentía eso, esa bendita palabra por llegar a su casa, encontrarse con los suyos, con Javier e Isabel. ¡Ansiedad, mire qué bruto no recordarse!

—¡Mierda! ¡Qué hombre! ¡Pero qué pedazo de mierda de hombre! —Gina lo miraba sin convencerse. Las lágrimas columpiándosele en los ojos tan claros como el cielo al amanecer. Por fin se decidió a abrazarlo. —Buena suerte en tu nueva vida, te lo digo de corazón —se dio media vuelta y se perdió en el gentío de jovenzuelos todos recién armados, luciendo sus ropas y aromas nuevos. La Felicidad en letras doradas se elevaba al cielo haciendo burbujas, sólo ella lloraba.

Daniel se miró las manos apoyadas en los controles, antes de colgarse del *carrier*, después el rostro en un espejo cercano de la ventana, y le hizo unos gestos graciosos, o supuestamente graciosos a su imagen. Arriscó la nariz y le enseñó los dientes. Un poquito menos de papada, lo había pedido Isabel, pero del sexo nada, era como para pensarlo, o por lo menos intentar saber por qué ella lo quiso así.

Otra vez la vibración, igual que a la llegada al **RSSA**, cuando el asunto de no poder aterrizar sin bamboleos lo puso de mal humor.

Pero, así y todo, entre algunas trepidaciones, la máquina se elevó con alguna lentitud y desde arriba observó las instalaciones: jardines de flores exóticas que se dan sin más en estas latitudes; selva mantenida a cualquier precio y sacrificio desde hace más de doscientos años, después que casi se había extinguido con la inmisericorde explotación y las quemas irracionales.

—Iguazú —se le ocurrió de repente y manipuló el sistema para cambiar de *carrier*, sería hermoso recorrerlo desde arriba en un día tan soleado. «Isabel» pensó inmediatamente después. Ahora podía comunicarse con ella. Digitó, pero antes tapó el ojo de la cámara, de manera que ella sólo pudiera escuchar su voz.

—Te escucho, pero no te veo —reclamó Isabel —¿pasa algo malo?

—Yo te veo perfectamente, estás hermosa, preciosa, nada malo, es sólo que quiero mantener el misterio, será más entretenido.

—Estamos con Javier esperándote en el aeropuerto, también te tiene una sorpresa, ha sacado novia, parece que ésta va en serio. ¿Te encuentras en condiciones de conducir? Me tienes tan asustada, siempre andas con tus cosas extrañas.

—¡Por favor, mujer! Déjate de quejarte, todo va bien, no es para tanto, ¿te acuerdas cuando volamos sobre Iguazú? Pues que voy a echar una vuelta, el día está muy soleado.

—Pero te has vuelto loco, Daniel, ¿me escuchas? Te han dicho que es peligroso que dirijas en estas condiciones, parece que también te cambiaron el cerebro.

—Tengo una emergencia, una emergencia, cortaremos la transmisión—. Daniel tapándose la nariz con los dedos afinaba una voz en falsete y entre risas cortó el sonido y sin más puso rumbo a las cataratas, ya que fue advertido en el *visor* que el *carrier* está habilitado.

—Tu padre es un espanto, imagínate lo que quiere hacer y viene y me corta la transmisión haciéndose el gracioso—. Isabel se dejó caer en un sillón y se cubrió el rostro con las manos.

—Mamá, quédate tranquila, no le va a tomar ni cinco minutos, y alegra esa cara, sería feo que lo esperaras llorando.

—Es que estoy muy nerviosa, es difícil, habría preferido verlo para irme acostumbrando, además que me tiene asustada, mira las locuras que se le ocurren.

El Iguazú como un río de chocolate se desliza con suavidad, casi quieto. Así se lo ve desde el aire. También su carro estaba quieto, detenido, suspendido a cierta altura, sin poder moverlo, aunque quisiera. Son tantos los que esperan poder descender que hay que esperar, hacer una cola de secuencia; recién cuando exista un carril libre, automáticamente podrá bajar. Desgraciadamente lleva en ello más de treinta minutos y cierto nerviosismo también comienza a afligirlo. Si lo hubiese sabido, desde luego que no se habría desviado.

Por fin suavemente empieza a bajar y el río a hacerse más grande y las aguas a levantar una nube de espuma y llovizna blanca. En una oportunidad, al realizar esa misma maniobra con Isabel, un enjambre de millones de mariposas los había envuelto. La pantalla le ofreció aterrizar, pero respondió que no, que deseaba volver. Pero parece que fue un nuevo error. Hoy no era su día para conducir. Ahora la secuencia para tomar altura y enhebrar el *carrier* de regreso estaba al borde del colapso.

—Tuvo un accidente, estoy segura.

—Por favor mamá, no seas tremendista.

—Pero si han pasado dos horas y no hay señales, no contesta la maldita sonda, tú sabes que el viaje no toma ni quince minutos, no aparece en la pantalla del *carrier*, ¿qué quieres que piense? Todo el mundo sabe que recién reciclado no es recomendable navegar, pero a él, basta que le nombren la palabra recomendación, para que se le paren todos los pelos, los que le quedan, los que le quedaban debemos decir ahora.

—¡Ey! Mamá, ven acércate, apareció en la pantalla, creo que se trata de él.

En las terminales, cuando se engancha el *carrier* y se define el destino se enciende un punto rojo que, moviéndose, va mostrando como progresa el vehículo y en cuantos minutos llegará a puerto. Javier hizo un par de clic a la pantalla y demostró que efectivamente era su padre. Antes de cinco minutos debería solicitar carril para descender.

—Igual no entiendo ¿cómo le iba a tomar dos horas? Capaz que le haya fallado ese armatoste viejo que tiene. Nunca ha querido cambiarlo.

—Ya pues mamá, olvídate de las desgracias. Lo más seguro es que se haya arrancado por un rato con alguna muchacha, un cuerpecito nuevo hay que estrenarlo.

—¡Javier! ¡Qué chiste más malo! —Débora, su novia, le pellizcó un brazo.

—Perdona, mamá —y la besó en la mejilla.

—¡Qué estupidez! Más de dos horas perdidas—. Recién a lo lejos se comenzaba a entrever la cordillera. El cielo se alumbraba de cuando en vez por los relámpagos y la Tierra abajo monótonamente plana, verde, con manchas plateadas por el agua que aflora por todos lados. Al acercarse a los primeros contrafuertes de los Andes, la presión del oxígeno se eleva, pues el vehículo debe remontar varios miles de metros.

Un minuto más tarde se encendieron las alarmas. "Batería con escasa carga, se recomienda aterrizaje de emergencia". Abajo, cerros puntiagudos y grises. De intentar posarse en alguno de ellos rodaría hasta alguna quebrada profunda, obviamente todo con un procedimiento de control manual, no hay *carrier* que guíe por los desfiladeros.

Lo pensó rápido, motores en marcha lenta, desconexión de todos los sistemas, sólo debía conservar el suplemento de oxígeno a través de una mascarilla, reducir la presión de la cabina, cierre de las comunicaciones orales y de imágenes. Y algo muy importante, que hacía desde muy niño en el Hogar cuando las cosas se ponían feas, cruzar fuerte, muy fuertemente los dedos. En condiciones normales su arribo estaba programando para ciento noventa y seis segundos, ahora en marcha lenta tomaría un siglo, si es que había tiempo.

— ¡Javier! —gritó desconcertada Isabel —se apagó la luz.

—Déjame pensar, estaba como a tres minutos—. Hizo un par de clics a la pantalla —fue en plena cordillera —comentó con la voz casi inaudible.

No pudo mentirle, sencillamente abrazó con fuerza a su madre, sin poder contener el llanto.

—Era tan porfiado —repetía sin cesar Isabel, derrumbada sobre un sillón, sin preocuparse por las personas a su alrededor, con el maquillaje convertido en dos hilos negros colgando por las mejillas. —¿Qué vamos a hacer, Javier? Quizás ahí ni siquiera logremos ubicarlo nunca, era tan porfiado.

Javier conversaba con las autoridades del terminal, un completo seguimiento del viaje estaba grabado. Efectivamente se había enganchado en el *carrier* a Santiago hacía unos minutos en las coordenadas de Paraguay, y de pronto desaparecía de las pantallas, sobre los Andes, en el lado argentino de la cordillera. Repitieron las imágenes una y otra vez. No existía falla en el sistema de seguimiento, de hecho, todas las otras naves estaban monitorizadas.

— ¿Qué se puede hacer?

— No sé, quizás esperar un rato.

— Señor — un chico apareció agitado por la carrera. — ¿Es un *Leroy 320*?

Javier afirmó con la cabeza.

— Hay uno tratando de descender.

El "Marcela Fernández", el ya casi centenario terminal, sólo para los monoplazas, en Providencia, tiene una torre de más de cien metros, donde se producen los descensos, lógicamente guiados. Desde esa plataforma se envía posteriormente los carros por ascensores hasta el nivel cero, el de la calle. Isabel, Javier y su novia, más un gran grupo de funcionarios corrieron a los elevadores. Se detuvo momentáneamente todo el tránsito del terminal.

Haciéndose visera con las manos todos miraban a lo alto. Y allá arriba, colgando de una nube, que según confesó Javier más tarde tenía forma de paloma, el pequeño *Leroy 320* bailoteando, poco a poco descendió. A dos metros del nivel de las baldosas hizo unas tiritonas, casi convulsionó y finalmente se desplomó sobre sus ruedas.

Javier jalaba de la portezuela, mientras Isabel con una crisis de llanto al borde de la histeria lo imitaba.

Daniel bajó de un salto y la abrazó, tratando de retirar de su rostro el cabello en desorden de la mujer que, el tremendo ventarrón que se levanta a esa altura, le enmarañaba la cara.

Ella lo apartó unos centímetros de sus ojos para observarlo mejor. —Pero, ¿qué hiciste, loco, loco mío? No lo puedo creer.

—No pude, sencillamente no pude hacerlo, tú sabes por qué, parece que te quiero demasiado.

—¡Papá! —Javier lo abrazó y le palmoteaba la espalda —no sabes cuánto te quiero, lástima que no podremos jugar fútbol en la misma liga.

—Ven, quiero presentarte a Débora.

—¿Y ahora qué haremos? —le susurró Isabel al oído, tratando de tranquilizarse, sin poder dejar de llorar.

—Supongo que jubilarnos y morirnos de viejos —aclaró levantando los hombros.

—Tonto, te preguntaba por esta noche.

—Paciencia, mujer, todavía es temprano, y tenemos tiempo de sobra para vivir.

Según Débora la historia fue más o menos así. Todavía discuten con papá ciertos detalles que alguno cree recordar de distinta forma.

Sobre mi abuelo sólo podría repetir, que nunca hizo nada extraordinario, fue de los pocos individuos de su generación que rehusaron el reciclaje. Quizás podría agregar que, aunque no le conocí, me parece que fue un buen hombre, sí, sólo eso, porque hombres buenos los habrá siempre.

**FIN**

# Biografía del autor

**R**einaldo **Martínez Urrutia** nace en Talca en 1941 y vive desde su infancia en Santiago. Allí estudia Medicina en la Universidad Católica, egresando en 1965. Desde entonces ejerce en diversos hospitales dedicados a la Cirugía; labor que comparte hace más de cincuenta años con sus inquietudes literarias, enfocadas principalmente en la narrativa. Asistiendo a diversos talleres literarios, fue premiado por algunos de sus cuentos en el concurso literario Alerce, de la Sociedad Chilena de Escritores (1978); en el Alonso de Ercilla, auspiciado por la Embajada de España (1988); y en un certamen organizado por el

Colegio Médico (1984). Aquellos escritos galardonados están publicados en revistas y en dos antologías: *"Nuevos cuentistas chilenos"* y *"Cuento aparte"*, editadas por los talleres literarios a los que pertenecieron. La novela *"El dolor ajeno"*, le tomó cinco años de investigación y le fue encargada por colegas que deseaban que la rica historia de la Asistencia Pública no fuera olvidada por las nuevas generaciones.

En el año 1993 publica *"Los hombres llegaron gritando"*, que contiene cuentos escritos sobre variados tópicos a lo largo de veinte años, algunos de ellos premiados.

Con la Editorial Segismundo, publica una segunda edición, corregida, de *"El dolor ajeno"* en 2017, otra novela *"Reciclando al Abuelo"* el 2018 y, en el 2019, la novela *"Llueve desde el sábado"* y el cuentario *"Allá afuera... Aquí adentro..."*.

# Tabla de materias

# Colofón

Este libro se imprimió mecánicamente, no sabemos dónde ni cuándo, por algún robot dedicado a la impresión bajo demanda. Por lo tanto, nos es imposible indicar cuántos ejemplares han sido producidos a la fecha ni cuántos lo serán en el futuro. Esperamos que se haya usado papel Bond blanco y una tapa de cartulina polilaminada a color, con una encuadernación rústica mediante *hotmelt*. Por lo menos estamos seguros de haber usado la tipografía *Book Antigua*, en varios tamaños y variantes, para la mayoría de su interior.

S

www.ingramcontent.com/pod-product-compliance
Lightning Source LLC
Chambersburg PA
CBHW060418260626
47161CB00005B/1680